당신이 **잘되면** 좋겠습니다

당신이
잘되면
좋겠습니다

김민섭
지음

나의 자리에서
작고, 온화하게, 타오르기

아주 어린 시절부터 착한 사람이나 좋은 사람이 되고 싶었
다. 요즘 언어로 다시 말하자면 선한 사람이 되고 싶었던
것 같다. 이유는 잘 모르겠으나 선함에 대한 남다른 집착
이 있었다. 경쟁에 참여하면서도 어떻게 하면 승리할까보
다는 어떻게 져 주면 친구들이 기뻐할까를 고민했다. 그래
서 일부러 져 주기도 했고, 지고 나면 오히려 기분이 좋아
졌다. 내가 졌으니까 친구는 오늘 기분이 좋았겠지, 누군가
를 기분 좋게 했다니 나도 좋다, 하고는 마음이 편안해졌던
것이다.

아홉 살 즈음의 기억 몇 개를 기록해 두고 싶다. 옆집 여
자아이가 나보다 시험을 잘 보았다기에, 나는 집에 들어
오면서 "엄마, 나 옆집 여자애한테 또 졌대!" 하고 웃으면
서 외쳤다. 그 아이가 나의 점수를 물어보고 "내가 더 잘

봤다!" 하고 의기양양하게 돌아간 참이었고, 나는 나대로 '네가 기분 좋으면 됐다!' 하는 심정이었기 때문이다. 그때 어머니가 그게 무슨 자랑이냐고 쏘아붙이며 무척 상심한, 아니 한심한 표정을 지어서, 나는 당황스러웠다. 어머니도 좋아할 것으로 믿었기 때문이다. 비가 오는 날이면 우산이 없는 친구와 함께 우산을 쓰고 오다가 그와 나의 집 갈림길에서 친구에게 우산을 주고 나는 비를 맞고서 집에 들어가기도 했다. 친구를 집까지 먼저 바래다주고 다시 우리 집으로 가면 되었을 테지만, 나의 선함이라는 것은 그렇게 비를 맞는 처연함과 숭고한 희생까지 더해져야 완성되었던 모양이다.

소풍을 가서도 나는 놀아야 할 시간에 비닐봉지를 하나 들고 친구들이 버린 쓰레기를 가득 주워 담곤 했다. 나에게 쓰레기를 가져오는 녀석도 있었고 내 앞에서 쓰레기를 버리며 비웃는 녀석도 있었다. 그러나 담임 교사에게 "민섭이처럼 착한 학생은 내가 본 일이 없다."라는 한마디를 들은 것으로 모두 괜찮아졌다. 학급 회의에서 '이 주의 착한 학생'에 4주 연속인가 뽑히고 나자 담임 교사는 "민섭이는 정말 착한 모양이구나, 이제 다른 친구들도 좀 추천해 보도록 하자." 하고 말했다.

다른 기억은 희미하지만 이 몇 가지 기억은 그때의 질감 그대로 선명하게 떠오른다. 문방구 앞에 떨어진 100원을 줍지 않았던 일이나, 장난감을 있는 대로 다 퍼 주고 제대로 돌려받지 못했던 일이나, 준비물을 빌려주고 대신 야단을 맞았던 일이나, 친구들이 나의 게임기로 오락하는 것만 봐도 즐거웠던 일이나. 나는 그들에게 착한 사람으로 인정받고 싶었던 게 분명하다.

물론 계속 그러한 삶을 살았던 것은 아니고 그 이후 그럭저럭 전향해서 "어휴, 시합을 시작했으면 최선을 다해서 이기는 게 타인에 대한 예의지."라든가 "누구를 도와줄 때는 이유가 있어야지, 그 이유는 나도 잘 모르겠지만." 하는, 역시 그럭저럭 평범한 어른이 되었다. 그러나 지금에 와서 다시 어린 시절 가졌던 그 마음을, 사실 여전히 그에 대한 집착이 있는 나의 마음을 규명해 보고 싶은 것이다. 단순히 타인에게 인정받고 싶은 욕구였다고만 하기에는 충분하지 않다. 나는 왜 선한 사람이 되고자 했을까.

내 친구인, 조금 특이한 두 음절의 성을 가진 작가에 따르면, 내 작가 생명을 연장해 준 몇 가지의 잘된 일들이 있었다. 예를 들면 '김민섭 씨 찾기 프로젝트'라든지 '김동식이라는 작가의 발굴'이라든지 '몰뛰작당 프로젝트'라든지 하는 것이다. 나 혼자 시작한 일이었지만 누군가들이 "당신은 정말 재미있고 의미 있는 일을 하고 있군요. 함께하고 싶습니다." 하고, 그 일이 조금 더 연결되고 확장될 수 있게 도와주었다. 그러면서 그들은 나에게 "당신에게는 선한 영향력이 있습니다." 하고 말했다. 그런 것을 의도하고 한 일이 아니었기에 나는 그 말을 잘 이해할 수 없었다. 그러나 그 과정에서 나는 문득, 처음으로 '선함'이라는 단어를 조금은 규명할 수 있게 된 것 같다. 정확히는 내가 어떤 사람이 되고 싶었는지를 알 수 있게 되었다.

나는 나의 이름과 닮은 사람이 되고 싶었던 것 같다. 민섭, 너무 흔하고 밋밋한, 작가와는 어울리지 않는 이름이다. 그게 싫어서 좀 특별한 의미라도 부여해 보고자 한자 사전을 보다가 이름에 '온화한 모닥불'이라는 뜻이 있음을 알았다. 그때 처음으로 민섭이라는 이름도 꽤 괜찮지 않은가, 하는 마음을 가졌다. 나는 사실 모닥불과 어울리는 사람은 아니다. 여럿과 모닥불 앞에 둘러앉고 나면 내 곁에 앉았던 사람들은 나의 재미없음에 곧 자리를 옮기고 만다. 나는 타인에게 말을 거는 방법도, 친해지는 방법도 잘 모른다. 타인과 연결되는 일은 너무나 어렵다.

그러나 나는 연결되고 싶다기보다는 연결하고 싶었는지도 모르겠다. 그간 내가 나의 즐거운 일을 조신하게, 소심하게, 몰래몰래 하고 있으면, 누군가는 자신의 친구와 함께 내 곁에 와서 앉았다. 잠시 바라보다가 떠나는 사람도 많았지만 머무르는 사람들이 있었다. 그들은 거기에서 '당신이 잘되면 좋겠습니다.'라는 불씨를 찾아내고는 자신들도 하나의 모닥불이 되어, 타인에게 그 온기를 다시 전해 나갔다. 그래서 언젠가부터 나는 작은 모닥불이 된 기분이 들었다.

누군가는 "저는 이렇게 멋지고 좋은 사람입니다." 하면서 크게 타오른다. 그러나 나는 그렇게 멀리서도 알아볼 만큼 큰 불꽃이 될 만한 자신이나 깜냥이 없다. 그러면 나는 곧 연소되어 재만 남고 말 것이다. 다만 나는 작고 온화하게 오래 타오르고 싶다. 될 수 있다면 누구도 상처 주지 않는, 무해한, 내 곁의 타인에게 작은 온기를 나누어 줄 수 있는 모닥불이 되고 싶다.

이 글은 최근 몇 년 동안 있었던 몇 가지 연결의 경험을 기록한 것이다. 연결은 타인에게서 나와 같은 결을 찾아내는 일이다. 저마다의 결은 조금씩 다르지만 결국 우리가 인간으로서 연결될 수밖에 없는 결이 반드시 있다. 나는 그것을 선함이라고 믿는다. 선함은 인간을 가장 느슨하게, 그러나 단단하게 연결하는 고리다. 그 고리로 연결된 우리는 서로의 닮음을 발견하게 된다. 나와 닮았을 당신과도 이 글로 만나고 연결될 수 있기를 바란다.

차례

1

내가 가진 것을 주는 연결,
당신이 꼭 나타났으면
좋겠습니다

안녕, 허삼관 아저씨

○『허삼관 매혈기』의 주인공 허삼관은 피를 팔고 돈을 받는다. 그런 그를 보면서 "아아, 매혈이라니, 당신은 헌혈이라는 숭고한 행위를 모욕하고 있어요." 하고 비난하기는 어렵다. 그에게 매혈은 한 가족의 생계를 책임지기 위한 경제 활동이다. 그가 헌혈을, 아니 매혈을 하고 주점에 들어가서 탁자를 탕탕, 두드리며 호쾌하게 돼지간볶음 한 접시와 황주 두 냥을 주문하는 모습은 실로 엄숙하기까지 하다. 그래, 당신은 그걸 먹을 자격이 있어요, 하고 응원하게 된다.

나의 첫 헌혈도 사실은 매혈이었다. 고등학교 운동장에 헌혈 차가 들어왔고 곧 "헌혈을 원하는 학생은 운동장으로 나오시기 바랍니다." 하는 방송이 나왔다. 나를 비롯해 교실의 절반이 넘는 학생들이 손을 들고는 우르르 운동장으로 나갔다. 특별히 타의 모범이 되는 학생들이어서는 아니었다. 계산해 보니 다음 시간이 학생 주임 교사의 수업이고 그러면 미토콘드리아와 리보솜이 그려진 유인물을 졸면서 읽다가 일순간 두발 검사도 당할 것이고, 어휴 그러면 차라리 피를 뽑는 게 낫지, 하고 모두 판단했던 것이다. 우리는 그렇게 피를 팔아서 자유와 일탈의 시간을 사기로 했다. 학교, 회사, 군대, 민방위 등등에서 이루어지는 헌혈이 대개 그러할 듯하다.

고백하기 부끄럽지만 나는 주사를 잘 맞지 못한다. 누가 주사 맞는 걸 좋아하겠느냐마는 나는 그 두려움의 정도가 심하다. 어린 시절에 한 간호사가 나의 혈관을 찾지 못해서 열 번 넘게 링거 주사를 시도하다가 결국 실패한 일이 있었다. 그 이후로 나는 주사만 봐도 정신이 아득해지고 만다. 그때 경력이 많은 다른 간호사가 다시 와서 한 번에 성공했기에, 내 혈관보다는 간호사의 숙련도에 문제가 있음을 알았다. 너무나 아팠고 그에 대한 원망과 분노가 일었다. 그러나 누구에게나 그런 시절이 있는 법이다. 그도 잘 버텨 냈다면 이제는 다른 간호사들의 귀감이 되는 경력자가 되었을 것이다. 다만 나는 운이 나빴던 탓에 서른이 넘은 지금도 극심한 바늘 공포증을 가지고 있다. 요즘도 병원에서 진료를 받고 나면 의사 선생님에게, 다른 사람들은 못 듣게 몰래 속닥속닥 "저어 선생님, 혹시 주사를 좀 안 맞으면 안 되겠습니까." 하고 묻는다. 얼마 전에도 의사 선생님이 무슨 이유라도 있는지 걱정스럽게 되물어서 "아, 저, 그게, 주사라는 게 좀 아프지 않습니까." 하고 그의 눈을 피하며 답했다. 그러면 그는 "아이고, 애들도 아니고 다 커 가지고. 내 참, 아, 네, 뭐 알겠습니다." 하고 주사 처방을 빼 주었다. 그러면서 "주사 맞으면 1시간 아프고 안 맞으면 일주일 아플 텐데요." 하고 덧붙여서, 나는 "괜찮습니다, 일주일 더 아프겠습니다." 하고 답했다.

그런 내가 인생의 첫 헌혈을 하던 10대 시절에야 말해 무엇 하겠나 싶다. 간호사에게 이거 너무 아픈데 뭐 잘못된 거 아닌가요, 왜 이렇게 오래 걸리나요, 아아 살려 주세요, 하고 이래저래 잘 들리지도 않을 조용한 호들갑을 떨었을 것이 분명하다. 나중에 기계에서 삑삑 소리가 나기에 "저기요! 이거 끝난 거 같아요!" 하고 외쳤다. 나를 놀려 주려고 그랬는지 간호사는 "어머, 실수로 200밀리리터를 더 뽑았는데 어쩌죠." 하고 말했다. 지금에야 웃어넘기겠지만 그때 나는 몹시 심각해지고 말았다. 그 말을 그대로 믿은 것이다. 친구들에게 내가 지금 좀 어지러우니 초코파이를 더 먹어야겠다든가 헌혈증도 하나 더 받아야 하는 것 아니냐고 억울한 마음을 전했고, 나와 수준이 거기서 거기였던 친구들 역시 간호사를 신고해야 하는 것 아니냐며 분개해 주었다. 이런 바보들에게는 농담도 함부로 하면 안 되는 법이다.

팔을 문지르면서 의기양양하게 교실에 돌아오니 모두가 TV를 보고 있었다. 2000년 6월 15일, '6·15 남북 공동 선언'이 발표된 날이었다. 김대중 대통령과 김정일 국방위원장이 손을 맞잡고 다정하게 웃는 모습을 보면서 나는 다시 한번 억울해졌다. 굳이 피를 뽑지 않아도 교실에서 TV를 보며 쉴 수 있었던 것이다. 역사적인 날의 역사적 매혈은 그렇게 큰 상처만 남기고 막을 내렸다. 그때는 잘 몰랐지만 그 현장을 생방송으로 볼 기회를 놓쳤다는 건, 아무래도 매혈이라고 하기에도 민망할 만큼 많이 밑지는 일이었다.

소설의 주인공 허삼관 씨도 언젠가 엄청나게 밑지는 매혈을 했다. 아들을 위해 여러 번의 헌혈을 해야 했던 그는 병원을 나서다가 정신을 잃고 만다. 눈을 떴을 때는 자신의 피를 다시 수혈받아 살아난 참이었다. 피가 나갔다가 다시 들어온 것뿐이지만, 그는 의사에게 자신이 받은 것보다 몇 배나 높은 비용을 지불해야 했다. 그때 그의 절망과 억울함이 얼마나 컸을지는 잘 상상이 가지 않는다. 여기에 비교하기는 민망하지만 교실에 돌아온 나와 내 친구들도 허삼관이 되고 말았다. 아아, 그냥 있을걸. 헌혈을 하고 받은 초코파이와 롯데리아 상품권이 그나마 마음을 달래 주었다.

그 이후의 헌혈도 사실 매혈이었다. 군인이 된 나는 휴가 복귀를 위해 동서울터미널에서 1시간 남은 버스를 기다리다가 헌혈의 집에 붙은 "헌혈하시면 영화 예매권 두 장"이라는 안내문을 보았고, 정신을 차려 보니 어느새 문진실에 앉아 있었다. 간호사가 손가락을 바늘로 찌르려고 할 때부터 나는 깊은 후회를 했다. 헌혈 전에 손가락에서도 채혈을 한다. 헤모글로빈 수치를 알아보기 위한 것이라고 한다. 피 한 방울일 뿐이지만 나는 군인이 되어서도 역시 아프다고 조용한 호들갑을 떨고 말았다. 그때 간호사가 나에게 등록 헌혈자가 되어 보라고, 그러면 영화 예매권을 두 장 더 주겠다고 제안해 왔다. 지문을 등록해 두고 신분증 없이 문진을 받으면 되고 이런저런 혜택도 준다는 것이었다. 아아 세상에, 헌혈을 한 번 하는 것으로 무려 네 번이나 영화관에 갈 수 있다니, 이만하면 대놓고 200밀리리터의 피를 더 가져가겠다고 해도 기꺼이 한쪽 팔을 더 내밀 수도 있었다. 옆에 허삼관 씨가 있었더라면 그도 아마 "야 뭐해, 빨리 등록 안 하고!"라면서 나 대신 팔을 걷어붙였을 것이다. 아니 당신은 어차피 중국 사람이라 등록 헌혈자가 될 수 없잖아요.

　나의 헌혈은 그렇게 무언가를 얻기 위해 시작되었다. 등록 헌혈자가 된 이후로는 군대에서 휴가를 나오고 들어갈 때마다 일부러 시간을 맞추어서 동서울터미널 헌혈의 집에 들렀다. 6주에 한 번 2박 3일의 휴가를 나올 수 있는 병과여서 헌혈 주기와도 그럭저럭 맞아떨어졌다. 기념품으로 받은 영화 예매권은 내가 영화를 볼 때 쓰기에도, 여기저기에 선물로 주기에도 알맞았다. 이때만 해도 나의 건강을 팔아 여가 비용을 아낄 수 있다는 게 감사하고 기쁠 뿐, 여기에서 타인을 감각하는 일은 없었다.

헌혈이라니,
팔자 좋네요

○ 대학을 졸업한 나는 대학원에 진학했다. 왜 그런 선택을 했느냐고 하면, 왠지 그래야 할 것 같아서 그렇게 했다고 말하고 싶다. 그때는 그게 정해진 인생의 길 같은 것이라고 믿었다. 글을 쓰는 것도 좋았고 소설을 읽는 것도 좋았으니까, 그 좋아하는 것들을 평생 곁에 두고 싶었다. 그러려면 대학원에 가는 것 말고는 별다른 방법이 떠오르지 않았다. 그래서 크게 고민하지 않고 현대 소설 전공의 석사 과정생이 되었다. 친구들 중 진학을 선택한 것은 나뿐이었다. 운이 좋은 친구들은 취업을 했고 운이 나쁜 친구들은 계속 자기소개서를 썼다. 사실 대학원 진학 역시 취업이라 할 만한 선택이었으나, 주변에서는 별로 그렇게 여기지 않는 듯했다. "너는 학교에 있잖아, 회사가 아니라서 좋겠다." 하는 말을, 나는 아주 오랫동안 들었다. 사실 나에게 학교는 회사나 마찬가지였는데도.

석사 과정 1학기, 아니 아직 입학식도 하지 않은 시점에 나는 이미 학과 사무실에서 조교로 일하고 있었다. 3개월에 가까운 이 무급 근무를 두고 학과에서는 업무에 익숙해지기 위한 시간이라고 말했다. 모든 대학원생들이 지켜 온 전통이나 제도 같은 것이라고 해서 부당한 노동이라는 생각도 별로 들지 않았다. 그러면서 다들 대기업의 인턴 제도나 동네 편의점 아르바이트의 수습 기간에 대해서는 잘못되었다고 비판했으니까, 인문학적 사유라는 건 대개 타인에게 간편하고 가혹하게 적용되는 법이다.

어느 날, 박사 과정 모 선배가 자신의 생일이라면서 같이 술을 한잔 마시자고 했다. 모두에게 그러한 문자가 왔다. 빈손으로 갈 수가 없어서 어떤 선물을 가져가야 하나 한참 고민하다가 헌혈하고 받은 영화 예매권 두 장을 골랐다. 그리고 저마다 선물을 내어놓는 타이밍에 그것을 전했다. 그때 모두가 이야, 와아, 으허 하는 저마다의 탄식을 뱉었는데, 실로 희귀한 것을 가져왔구나, 하는 반응이었다. 선배가 '대체 저에게 이런 걸 선물하는 이유가 뭡니까, 개기는 건가요 후배님아.' 하는 표정을 지어서 나는 곧 "제가 헌혈을 정기적으로 하고 있어요. 그때마다 영화 예매권을 한 장씩 받아서 모으고 있는데, 중요한 사람들의 생일에 드리고 있어요." 하고 말했다. 이건 사실 의도하지 않았더라도 무척 전략적인 말이었다. 나는 이렇게 헌혈을 하는, 몸도 마음도 건강한 사람이라는 정보를 전달하는 동시에, '당신은 피를 내주고 받은 무언가를 나눌 만큼 소중한 사람'이라는 생색도 낼 수 있었던 것이다. 선배를 비롯해 자리에 모인 사람들은 저마다 할 말이 더 있는 듯했지만, 이색다른 선물에 담긴 진위를 어떻게 감정해야 할지 고민하다가 무어라 덧붙일 시간을 지나쳐 버리고 말았다. 아아, 그래 됐다, 술이나 마시자. 그래서 그날의 선물 증정식은 별 탈 없이 지나갔다. 그때 그 선배가 갑자기 생각났다는 듯 "아 그래, 다음 주에 내가 이사를 하니까 이사하는 걸 좀 도와줘." 하고 모두에게 말했다. 내가 "저 그날 시간이 돼요!" 하자, 선배는 "아니, 넌 당연히 시간이 안 돼도 와야지, 뭐라고 하는 거야." 하고 다시 한 번 나를 '뭐 이런 놈이 다 있지.' 하는 표정으로 바라보았다.

그 이후로 한동안 헌혈을 하지 않았다. 내가 헌혈을 자주 한다는 걸 그 생일 파티가 지나고 대학원생 모두가 알게 되었고, 어떤 마음의 소리가 계속 들려왔기 때문이다. 민섭이는 헌혈을 다닐 시간이나 체력이 있나 봐, 그런 여유도 있고 부럽네, 대학원 공부가 할 만한 모양이야, 하는 것들이었다. 내가 개인으로서 소중하게 여기는 어떤 일도 어느 한 집단에서 평가의 대상이 되고 나면 최선을 다하지 않는, 이기적인, 무가치한 일에 자신을 소진하는 구성원으로 인식되기 마련이다. 예를 들면 반려동물을 키운다든지, 봉사 활동을 다닌다든지, 야구나 축구와 같은 취미 활동을 즐긴다든지 하는 데서도 그렇다. 언젠가 같이 운동을 다니던 선배가 나에게 "민섭아, 우릴 벼르고 있는 사람들 많을 거야. 우린 더 잘해야 한다. 주말마다 야구하러 다닐 만큼 한가하다고 얼마나 욕하고 있겠니. 운동 다니는 거 티 내지 마라." 하고 주의를 주기도 했다. 과연, 그런 것이다. 개인과 개인이 존재하는 모든 공간에는 서로가 만들어 낸 공기의 무게가 있다. 그것이 모두를 짓누르지만, 약한 사람에게는 조금 더 가혹하게 적용되는 듯하다. 대학원은 과정생과 시간 강사들에게 조금 다른 중력이 작용하는 곳이었다. 어느 날엔 한 걸음 제대로 떼기도 어려울 만큼.

사실 대학원은 무척 가족적인 분위기였다. 선배들은 "우리 아버지 같은 교수님들이…." 하고 자주 말했으니까 부자지간이었고, 누군가는 "나를 형처럼 생각해."라고 했으니까 형제지간이었고, 바깥에서는 "모 교수님이 이룬 일가구나."라고 했으니까 집안사람이었고, 실제로 가족보다 자주 보는 사람들이었다. 하긴, 가족이라고 해서 서로를 항상 응원해 주는 것도 아니다. 사랑한다는 이유로 더욱 무거운 중력이 작용하는 공간도 있다. 아버지가, 어머니가, 형이, 누나가, 다 너 잘되라고 이러는 거야 하는 말은 많은 사람들에게 익숙한 폭력일 것이다. 물론 대학원이 그렇게 누군가의 잘됨을 순수하게 바라는 우애의 공동체였던 건 아니다. 그러기에는 너무나 미래가 보장되지 않는, 누군가의 성공이 여러 명의 좌절을 의미하는 곳이었기에 서로를 사랑하기는 어렵고 견제하거나 미워하기는 쉬웠다. 나도 누구를 미워했고 그 누구도 나를 미워했다. 서로 그걸 알면서도 우리는 매번 웃으면서 학과 사무실과 연구실과 강의실에서 만났다.

나는 배정받은 인문학 연구소에서 대부분의 시간을 보냈다. 정해진 시간의 근무뿐만 아니라 대학원 수업의 발제 준비를 하기에도 벅찬 나날들이었다. 아마 누군가가 헌혈을 정기적으로 한다고 하면 그때의 나는 무심코 "헌혈이라니, 여기에 그렇게 팔자 좋은 사람도 있는 거야?"라고 말했을 것이 분명하다.

우주의
먼지가 되어

o 우주의 먼지, 석사 과정생 시절의 내가 자주 떠올린 단어다. 나는 하루하루 조금 더 가벼운 먼지가 되어 연구실과 강의실과 학과 사무실의 무거운 공기 속을 부유했다. 멋진 연구자가 되겠다는 설렘과 각오가 무너지는 데는 그리 오랜 시간이 걸리지 않았다. 대학원 공부는 너무 어렵거나 너무 재미가 없거나 너무 쓸데가 없었고, 공부 외에도 해야 하거나 신경 써야 할 일들이 많았다.

첫 수강 신청부터 사실 마음대로 되지 않았다. 조교장 선배가 내가 들어야 할 과목을 모두 지정해 주었다. 거기에 고전 과목, 심지어 판소리가 있어서 안 듣겠다고 하자 그는 나에게 다음과 같이 말했다. "민섭아, 네가 판소리를 수강해야 하는 두 가지 이유가 있다. 학기마다 세 과목을 들어야 졸업 학점을 채울 수 있는데 우리 학과는 현대 소설 과목이 두 개만 개설된다. 졸업하고 싶으면 수강해야 해. 그리고 네가 안 들으면 최소 인원 부족으로 이거 폐강 될 수도 있어. 네가 책임질 거야?" 아아, 현대 소설 전공인 제가 판소리 수업을 듣지 않으면 그런 무서운 일이 벌어지 는군요. 나는 결국 동기들과 함께 판소리의 동편제와 서편 제가 어떻게 다른지 하는 것들을 한 학기 동안 배웠다. 한 선배는 나에게 현대 소설을 전공하려면 고전의 소양도 쌓 아 두어야 한다고, 우리 커리큘럼은 다른 학교에서는 볼 수 없는 참 좋은 것이라고도 말했다. 그때는 아아, 그렇군 요, 하고 뭔가 감명받은 표정을 지었지만, 선배, 말이 되는 소리를 하세요. 교수와 대학원생의 수가 부족하고 그에 따 라 커리큘럼이 빈약해진 것일 뿐이잖아요.

대학원에는 저마다의 학풍이라는 것이 있었다. 무엇을 어떻게 연구하느냐가 그것을 결정지었다. 같은 시기의 문 학을 공부해도 1차 자료를 읽는지 2차 자료를 읽는지, 작 품과 작가에 집중하는지 문화사나 지성사로 확장하는지 가 달랐다. 내가 공부한 대학원은 원본 텍스트인 1차 자료 에 집중하는 편이었다. 아니, 그런 표현으로는 부족하고 거기에 올인 했다고 하는 편이 정확하겠다. 그에 따라 나 도 '자료'라고 부르는 오래된 신문이나 잡지를 주로 읽었 다. 논문을 쓰다가 막혀서 선배를 찾아갔던 날에도 "그래,

자료는 잘 읽었니?" 하는 말을 들었다. '잘'이라는 부사의 힘은 막대한 것이다. 나는 갑자기 날아온 그 말의 주먹을 미처 피하지 못하고 아, 아닙니다, 다시 잘 읽겠습니다, 하고 연구실에서 나왔다. 그래도 도저히 진도가 나가지 않아 다시 그를 찾아갔던 날에도 "그래, 몇 번이나 읽었니?" 하는 말을 들었다. 나는 이번에는 그 말의 주먹을 간신히 피하고 "열 번 넘게 읽었습니다." 하고 답했지만, "50번은 읽어야 하지 않겠니." 하는 말에 그만 정신을 잃고 말았다. 그러나 결국 그의 조언이 답이 되어 계속 논문을 쓸 수 있게 되었다. 학풍 안에서 사람이란 그렇게 만들어지는 법이다.

자료를 읽으며 나는 계속해서 먼지가 되어 갔다. 100년 전에 나온 잡지와 신문들은 그 내용이 어렵지는 않지만 거의 모든 단어가 한자로 되어 있었다. 사실 살면서 한자 공부를 제대로 해 본 일이 없었다. 내가 신문을 읽을 나이가 되자 신문에서 한자가 사라졌고, 학교에서도 한문 교과 시간에는 자습을 하거나 두발 검사를 했다. 언젠가 『마법천자문』을 읽던 조카가 무슨 벌레처럼 생긴 한자를 가리키며 "삼촌, 이게 뭔지 알아요? 나는 아는데!" 하고 물었을 때도 사촌 누나가 "야, 삼촌이 국문학 박사님인데 그걸 모르겠어?" 하고 데려가서 참 다행이었다. 정말 처음 보는 한자였던 것이다. 아마 누나는 내가 모른다는 걸 알고 있었던 것 같다.

처음에는 잡지 한 쪽을 읽는 데만 몇 시간이 걸리곤 했다. 모르는 한자가 나올 때마다 멈춰야 했기 때문이다. 다행히 네이버 한자 사전에 글자의 모양을 마우스로 따라 그리면 닮은 한자를 찾아 주는 서비스가 있었다. 이게 없었다면 나는 옥편을 찾다가 석사 과정생 한 시절을 다 보냈을 것이다. 나는 연구실에서 어쩌면 미대생의 모습이었을지도 모르겠다. 눈이 빨갛게 돼서 한자를 한 획 한 획 정성스럽게 그려 나갔다. 그러나 몇 번을 그렇게 해도 찾는 한자가 잘 나오지 않는 일이 많았다. 그러다가 조금씩 부글부글 끓어오르고 마우스를 던져 버리고 싶은 답답함이 임계에 이르면 나는 연구동 앞 벤치로 나갔다. 거기에는 저마다의 답답함을 안고 나온 각 학과의 대학원생들이 많았다. 서로 눈길을 주는 일은 별로 없었으나 아, 예, 고생 많으십니다, 하는 서로를 향한 마음이 몸짓에서 묻어났다.

자료는 '영인본'이라고 하는 두꺼운 책의 형태로 되어 있었다. 발제문이나 논문을 쓰기 위해서는 한 권에 5만 원이나 10만 원씩 하는 그것을 반드시 사야만 했다. 모 선배의 말에 따르면, 몇 년 전까지만 해도 출판사 영업자가 자주 와서 홍보도 하고 함께 술도 마셨지만 요즘엔 잘 오지 않는다고 했다. 원본 신문이나 잡지를 복사하고 제본해서 파는 생소한 출판사들이 있었다. 나는 선배에게 책값을 입금하고 1910년대에 나온 잡지 몇 권의 영인본을 받았다. 선배는 이런 책을 영인해 주는 사람들에게 고마워해야 한다고 했지만, 그런 감정을 가지지 않아도 될 만큼 충분히 비싼 가격이었다.

영인본의 상태는 별로 좋지 않았다. 아주 작은 글자들은 뭉개져 있었다. 100년 전의 인쇄 기술이 그다지 좋지 않았을 테고 그걸 다시 복사했으니까 당연한 일이다. 그래서 모두의 연구실 자리에는 돋보기가 꼭 마련되어 있었다. 다들 비슷한 자료를 보는 대학원에서 눈이 멀쩡한 사람은 별로 없었다. 어느 선배는 눈에 주사를 맞으러 다닌다고 하는 흉흉한 소문도 떠돌았다. 아아, 그건 아마도 헌혈과는 비교도 안 될 만큼 아플 텐데.

고전 문학을 공부하는 한 학기 후배는 뭉개진 글자를 보고도 그 음을 잘 알아맞혔다. 내가 감탄하자 그는 부수를 보면 그럭저럭 다 맞힐 수 있다고 했다. 그러나 그 감이라는 게 하루아침에 완성되는 게 아닐 것이다. 연구실에 앉아서 모르는 한자를 그려 나가는 동안 나의 마음은 잘게

쪼개졌다. 어떤 구조적인 폭력보다도 오히려 자신의 부족함에서 오는 절망이 개인에게는 더욱 아픈 법이다. 첫 문단에서 나는 대학원 공부가 너무 어렵거나 너무 재미가 없거나 너무 쓸데가 없었다고 써 두었지만, 무엇보다도 나 자신이 너무 쓸모없는 인간이 아닌가, 하는 심정이 되고 말았다. 나는 마우스를 던져 버리고 싶은 마음을, 아니 나를 던져 버리고 싶은 마음을 하루에도 몇 번씩 억누르면서 한자의 획을 계속 그려 나갔다.

  헌혈하러 가지 않은 것 역시 단순히 바빴기 때문은 아니었다. 그렇게 쪼그라든 사람은 쉽게 바깥으로 나가지 못하고 그 무거운 공기의 중층을 부유할 뿐이다. 자기 계발, 취미, 운동, 사교, 연애, 이러한 일상의 단어들을 수행할 만한 여유를 갖지 못한다. 내가 그런 걸 해도 되는 사람일까 하고 두려워하는, 무기력하고 단조로운 사람이 되어 간다. 나는 먼지처럼 대학의 이곳저곳을 천천히 둥둥 떠다녔다. 정확히 그런 상태였다.

그건 왜 하는 거야,
나도 모르겠어

○먼지가 된 한 개인을 버티게 하는 것은 연결된 개인들이다. 친구, 연인, 가족, 어쩌면 함께 지내는 토끼 한 마리도 그러한 역할을 할 수 있다. 그들의 격려와 인정으로 몸을 회복해 나간다. 다만 당시에는 그 사실을 잘 모르다가 돌이킬 수 없는 시간이 지나고서야 그들 덕분에 그 시절을 버텨 냈음을 알게 되는 일이 있다. 나에게도 별일 없이 순살간장파닭치킨을 주문해서 같이 먹고 너무 맛있다면서 같이 울며 호들갑도 떠는, 그런 사람들이 있었다. 그 순간에는 나도 땅에 두 발을 딛고 단단하게 살아가는 한 개인으로 돌아왔다. 아주 잠시였지만, 그래도.

어느 학기에는 '판본 비교 연구'라는 대학원 수업을 들었다. 한 소설의 신문 연재본과 단행본을 비교하면서 달라진 부분을 찾아야 했다. 단순히 어디가 달라진 것 같습니다, 하는 수준이 아니라 쉼표를 생략했다거나 의도적으로 문장을 축약했다거나 내용이 달라졌다거나 하는 부분들을 모두 찾고 통계를 내야 했다. 나는 신문과 단행본을 나란히 두고 서로 다른 부분을 찾아 나갔다. 신문을 보다가 단행본을 보고, 다시 단행본을 보다가 신문을 보고, 다시 신문을 보다가 단행본을 보고, 몇 시간 동안 그러다 보면 '내가 이걸 왜 하고 있는 거지…' 하고 나도 알 수 없게 되었다. 그럴 때면 종종 고등학생 때 하던 「크레이지 아케이드」라는 온라인 게임을 떠올렸다. 두 개의 그림에서 서로 다른 다섯 개의 부분을 찾는 게임이었다. 나는 「매직 아이」를 보듯 두 그림을 겹쳐서 보면 다른 부분이 희미하게 빛난다는 것을 알고 있었다. 그래서 남들보다 빠르게 이겨 나갔다. 나는 두 판본을 두고 미어캣처럼 두리번거리다가 눈을 모아 보기도 했다. 물론 그게 될 리는 없었지만.

　집에서 발제 준비를 하던 어느 날, 나를 안쓰럽게 보던 친구가 "근데 그건 왜 하는 거야?" 하고 물어 왔다. 어쩌면 내가 그때 눈을 모으고 모니터 앞에서 두리번거리고 있었는지도 모르겠다. 아아, 드디어 스트레스로 갈 데까지 갔구나, 하는 마음이 아니었을까. 나는 거기에 답하는 대신 친구를 멍하니, 조금 화가 난 표정으로 바라보았다. 왜냐하면 그가 마땅히 그 이유를 알고 있어야 한다고 믿었거나 그에게만은 그런 말을 듣고 싶지 않았기 때문일 것이다. 그에게만은 인정받고 싶고 이해받고 싶었다. 친구는 나의 과민 반응에 당황한 듯 보였지만 다시 진지한 목소리로 "네가 하는 일이 이 사회에 어떤 의미가 있는 건지 잘 모르겠어. 그런 게 있다면 알고 싶어. 말해 줘." 하고 다시 물었다. 나는 나의 몸이 먼지처럼 쪼그라드는 것을 다시 느꼈다. 사실 할 수 있는 답이 없는 건 아니었다. 이러한 판본 비교는 원전에 대한 가치를 존중하는 가운데 당시 매체에 따른 텍스트 유통과 향유의 경로를 파악할 수 있다는 점에서 매우 의미가 있다고, 발제문에 썼던 어느 문장을 말해 주면 그만이었다. 그러나 그건 질문에 대한 정답이 될 수 없었다. 그에게만은 그런 말을 하고 싶지 않았다. 친구는 나를 물끄러미, 어쩌면 안쓰러운 표정으로 바라보다가 "그래도 네가 하는 일이니까 이유가 있을 거라고 믿어." 하고는 애써 웃어 보였다. 그날 우리는 치킨을 먹었다. 좋은 날에만 먹는 음식은 아니었다. 상대방의 마음을 달래기 위해 먹는 음식이기도 했다.

그 이후 연구실에서 어떤 논문을 읽고 쓰든 그 친구의 말이 떠올랐다. "네가 하는 일이 이 사회에 어떤 의미가 있는 건지 잘 모르겠어. 말해 줘." 나는 거기에 답을 하지 못하고 아주 긴 시간을 보내야 했다. 내가 맛있는 빵을 만들었다면 누군가의 아침을 행복하게 했을 것이고, 내가 볼펜이라도 한 자루 만들었다면 누군가의 공부에 기여했을 것이고, 내가 편의점에서 아르바이트를 했다면 타인의 삶을 편하게 했을 것이다. 그러나 혼자 연구실에 앉아서 공부를 해 나가는 것이 개인의 기쁨이나 성과 외에 이 사회와 어떻게 연결될 수 있을까. 지금 나의 몸과 마음을 다하고 있는 일에서 타인을 상상할 수 없다는 사실을 깨닫고 나면 다시 한번 둥실, 나의 몸은 조용히 연구실 위로 떠올라 대학의 여기저기를 돌아다녔다. 처음에는 나의 모습만 보였는데 나중에는 자신의 자리에서 열심히 일하고 있는 친구들의 모습이 보였다. 누군가와 '수고하셨습니다.'라는 말로 연결되는 노동을 하는, 연봉이라는 것과 4대 보험을 보장받고 있는 그들의 모습은 나와는 아주 많이 달랐다. 그들과 내가 비교의 대상이 될 수 없다는 것을 깨달은 나의 몸은 조용히 연구실 자리에 돌아와 가라앉았다. 나는 그들과 다른 것일까 틀린 것일까. 어쩌면 나는 다른 그림 찾기가 아니라 '틀린 그림 찾기'의 사회적 판본인지도 모른다.

사실 대학원에 진학하기 이전에도 나의 몸은 여러 번 먼지가 되었다. 스물셋이나 스물다섯쯤 되는 그 언저리의 나이에는 모두가 비슷한 경험을 할 것이다. 사회적 판본으로서 자신의 점수를 매겨 보게 되는 시기다. 나는 스물다섯의 여름 방학 때 종로의 대형 서점에서 아르바이트를 하기 위해 처음으로 자기소개서를 쓰다가, 내가 정말이지 내세울 것 없는 인간이라는 것을 알았다. 자격증, 수상 경력, 외국어 시험 점수, 기타 등등, 무엇 하나 제대로 채워 넣을 스펙이랄 게 없었던 것이다. 육군 병장으로 만기 전역했고 운전면허증과 태권도 단증이 있다는 게 전부였다. 서점뿐 아니라 몇 군데 매장에서도 모두 불합격이었다. 김민섭이라는 판본은 그때부터도 비교의 대상으로 삼기 어려울 만큼 군데군데 생략된 데가 많았다. 나뿐 아니라 20대 중반 언저리를 지나 본 모두는 몸이 작아지는 경험을 해보지 않았을까.

내가 박사 과정을 수료하고 글쓰기 교양 과목을 강의하게 됐을 때, 자기소개서 첨삭을 요청하는 대학생들이 많이 있었다. 취업을 앞둔 4학년들이, 아주 작아진 몸을 하고는 나를 찾아왔다. 자기소개서를 내미는 그 손들은 "저어, 이 자기소개서가 쓸 수 있는 것인지 한번 보아나 주십시오." 하고 은전 한 닢을 내밀 듯 별로 자신이 없었다. 「은전 한 닢」의 거지가 자신의 모든 것을 모아 간신히 그 한 닢을 만들어 낸 것처럼 그들 역시 몇 년 동안의 자신을 모두 끌어모아 그 한 장의 자기소개서를 써냈을 것이다. 소설 속의 감정사들은 "좋소!" 하고 곧 그 가치를 평가해 주었지만 나는 그럴 수 없었다.

언젠가는 훅 불면 날아갈 것 같았던 4학년에게 "정말 잘 썼는데… 몇 번이나 떨어졌어요?" 하고 묻자 그는 "저어, 50번쯤요…." 하고 답했다. 50번, 그의 몸은 아마도 50번이나 깎여 나갔을 것이다. 여러 연구자의 손을 탄, 오래된 판본의 글자가 희미해지듯 한 개인의 몸도 수차례 비교의 대상이 되며 스스로 희미해진다. 취업을 한다고 해서 그의 몸이 원래대로 회복될지는 알 수가 없다. 그러한 보상이 기다리고 있으니 감내하라고 말하기는 너무 가혹하지 않은가. 나는 그를 바라보면서, 그의 이 시간이 어서 끝나기를 조용히 기도해 주었다. 그것 말고는 해 줄 수 있는 일이 없었다. 언젠가 나에게 "나는 너를 믿어." 하고 말했던 친구도 그러지 않았을까. 나는 그에게 순살간장파닭치킨 같은 것을 먹으며 서로의 마음을 달랠 누군가가 있기를 바랐다.

몸과 마음이 깎여 나가던 석사 과정생 시절의 어느 여름에, 나는 헌혈의 집을 찾았다. 그 생일 파티 이후 몇 개월 만이었다. 왜 그랬는지는 잘 기억이 나지 않는다. 영화 예매권이나 문화 상품권 때문은 아니었을 것이다.

그가 꼭
나타나기를 바란다

○ 갑자기 오랜만에 헌혈의 집을 찾은 별다른 이유는 없었다. 가끔 그런 설명할 수 없는 날들이 있는 법이다. 왜 그렇게 했는지는 잘 모르지만 앞으로의 모든 나날들과 연결되는, 마치 고리와 같은 하루가.

나는 그동안 "영화 예매권을 받기 위해서 이 아픔을 참으러 왔습니다!" 하는 호기로운 마음으로 헌혈의 집을 찾았다. 그러나 이때의 나는 그렇지 않았던 것 같다. 저도 왜 왔는지 모르겠습니다, 하는 어정쩡한 마음으로 문진을 마치고 침대에 누웠다. 간호사가 어떤 기념품을 받을 것이냐고 물었을 때도 고민하다가 문화 상품권을 골랐다. 영화를 마지막으로 본 게 언제였는지 잘 기억이 나지 않았다. 차라리 전공 교재를 사는 데 보탬이 될 기념품이 나을 것이었다.

먼지가 된 몸에서도 간호사는 용케 혈관을 찾아냈다. 나의 몸에서 나온 피가 투명한 튜브를 타고 흐르기 시작했다. 나는 나의 피를 보고 있을 만큼 강한 인간이 아니다. 이전의 트라우마와는 관계없이 그런 걸 보면 정신이 아득해진다. 그러나 그때는, 나의 몸에서 나오고 있는 피를 꽤 오랫동안 멍하니 바라보았다. 그러다가 문득 눈물이 났다. 누군가가 봤다면 참 민망한 모습이었을 것이다. 다 큰 어른이 헌혈하다가 울다니. 아파서 운 건 아니었다. 내 몸에서 나온 피를 보는 순간 '저 피는 내가 쓰는 논문과는 다르게 누군가에게 쓰이겠구나, 그러니까 저건 사회적인 물건이겠구나.' 하는 전에 없던 감정이 찾아온 것이다. 논문도 피도 나의 몸에서 나왔지만 그것이 가지는 사회적 가치는 달랐다. 내가 쓴 글이 누구에게 가서 닿을지 알 수 없었던 나는 대학원생들과 함께 "우리의 글은 딱 세 명이 읽는다, 지도 교수와 심사 위원과 나." 하는 농담을 하면서 웃곤 했다. 내가 쓴 논문은 투고비와 심사비를 지불하고 내가 직접 학회에 보내야 했다. 그러나 지금 나오고 있는 나의 피는 다를 것이다. 혈액 수송 차량이 빠르고 안전하게 가장 필요한 누군가에게 전할 것이다. 그러니까, 나에게도 그런 게 있다. 타인과 연결될 수 있고 타인에게 쓰임이 있는 무언가가 내 몸 안에 존재한다. 그 순간, 나의 몸은 더 이상 먼지가 아니었다. 내가 사회적인 존재라는, 실로 오랜만의 자각이었다. 나는 지금 누구보다도 사회적인 존재로 여기에 있다.

그런 나에게 간호사가 다가와서 조혈 모세포 기증 희망 등록을 할 의사가 있는지를 물었다. 우리가 골수라고 부르는 그것이고 동의한다면 혈액 샘플을 센터에 보내겠다고 했다. 평소였다면 나는 골수라는 단어만 듣고도 "아뇨, 그렇게까지는 됐습니다. 너무 아플 것 같고요." 하고 거절했을 것이다. 골수 기증이라니, 드라마나 영화에서도 언제나 연애나 가족애의 시험대가 되는, 가장 큰 위기의 단계로 설정되는 그것이다. 골수 기증을 서약한 주인공은 엄청난 내적 갈등을 겪다가 결국 수술대 비슷한 곳에 민망한 자세로 오르고 의사는 그 뒤에서 엄청난 크기의 바늘을 그의 뼈에 단단히 박아 넣는다. 골수라는 단어가 주는 어감도 거부감이 컸다. 혈액과는 달리 절대 건드려서는 안 되는 무엇 같았다. 아아, 나는 절대로 골수를 기증할 수 없을 것이다. 그러나 사회인이 된 김민섭 씨에게는 별로 무서울 것이 없었다. 나는 그렇게 하겠다고 했고, 간호사는 기쁜 표정으로 나의 혈액 샘플을 보내겠다고 했다.

지금은 조혈 모세포를 일반적인 헌혈과 같은 방식으로 뽑는다고 했다. 피에서 조혈 모세포만 걸러 내고 다시 몸에 넣어 준다는 것이다. 몇 시간씩 걸리기는 하지만 적어도 내가 상상하는 무시무시한 모습은 아니라고 했다. 그래서 나는 빨리 이식을 받을 사람이 나타나기를 바랐다. 비혈연 간 일치율은 0.005퍼센트 정도라고 하는데, 그런 확률을 뚫고 나와 골수가 일치하는 사람이라니, 우리는 원래서로 닮은 사람이 아닐까. 그를 구할 수 있는 사람이 나밖에 없다면, 그건 당연히 해야 할 한 개인으로서의 소명인지도 모른다. 간호사는 나에게 혹시 연락이 온다면 꼭 기증을 하라고 했다. 기증을 약속하고서 갑자기 마음을 바꾸는 사람들이 많다고, 그러면 이식을 받기 위해 몸의 골수를 모두 제거한 환자는 죽을 수밖에 없다고 했다. 호기롭게 기증 희망 등록을 한 나는, 잠시 두렵기도 했지만, 그건 그때의 나에게 맡기기로 했다. 그때 내가 어떤 몸과 마음으로 살아가고 있을지는 모르겠지만, 우선은 꼭 기증받을 사람이 나타나기를.

헌혈의 집에서 나온 나는 인근 중앙 시장의 순댓국집을 찾았다. 나의 몸은 기분 좋은 허기를 느끼고 있었다. 여느 때 같으면 햄버거나 삼각김밥 같은 것을 먹으러 갔을 텐데 이날은 따뜻한 국물이 마시고 싶었다. 맑은 순댓국을 주문하면서 주먹으로 식탁을 탕탕, 치던 허삼관 씨를 떠올렸다. 그는 헌혈을 마칠 때마다 몹시 고양된 몸과 마음이 되어 식당으로 간다. 돼지간볶음 한 접시와 따뜻하게 데운

황주 두 냥을 주문하면서 주먹으로 식탁을 탕탕, 친다. 그에게 매혈의 방법을 알려 준 선배에게 배운 것이다. 나는 다대기를 걷어 낸 맑은 순댓국에 새우젓을 한 숟갈 넣어 간을 맞추고, 먼저 고기와 순대를 골라내 깍두기와 쌀밥과 함께 먹다가, 적당히 식은 국물에 밥을 말았다. 그러는 동안 허삼관의 마음을 조금이나마 알 것 같았다. 그는 그 순간만큼은 가난한 농부가 아니라 타인에게 나눌 것을 가진, 정확히는 팔 것을 가진, 사회적 존재로서 고양되었던 게 아닐까.

나는 다시 정기적으로 헌혈을 하기로 마음먹었다. 이때부터 나는 두 달에 한 번 할 수 있는 '전혈' 대신 2주에 한 번씩 할 수 있는 '성분 헌혈'을 하게 된다. 연구실 탁상 달력에 격주로 수요일마다 빨갛게 동그라미를 쳐 두었다. 어디에서 무엇을 한다고 적어 두지는 않았지만 내가 유일하게 사회인으로서 스스로를 감각하게 될 중요한 날들이었다. 왜 하필 수요일이었느냐면, 그날 오전에 지도 교수의 대학원 수업이 있었기 때문이다. 내가 가장 알맞게 작아져 있을 때였다.

언젠가 반드시 나와 닮았을 그에게 연락이 올 것이다. 그러면 그때의 내가 어떠한 처지로 살아가고 있든 나의 며칠을 그를 위해서 써야지. 그를 상상하는 것만으로도 어디에서든 나는 이전보다 조금 더 단단해진다. 아직 나타나지 않은 누군가가 이미 나의 일상을 지탱하고 있다. 그는 그 사실을 알고 있을까. 그는 누구이고 지금 어디에서 어떤 모습으로 살아가고 있을까. 우리는 언제쯤 만나게 될까. 우리는 그런 연결하고 연결되어야 할 존재들의 총합으로 오늘 하루를 버텨나가고 있는지도 모른다.

2주에 한 번,
착한 몸과 마음

ㅇ헌혈에도 몇 가지 종류가 있다는 걸 알았다. 피를 그대로 내보내는 전혈과 필요한 성분을 걸러 내고 피를 다시 넣어 주는 성분 헌혈이 있었다. 피를 걸러서 다시 넣어 준다니, 얼마나 아플지 잘 상상이 가지 않았다. 그러나 전혈은 두 달에 한 번으로 주기가 제한되어 있는데 성분 헌혈은 2주마다 한 번씩 할 수 있다고 했다. 조금 더 자주 헌혈하고 싶었던 나는 성분 헌혈을 해 보기로 했다.

몹시 거창하게 생긴 성분 헌혈 기계에 누우면서 나는 정말로 수백 번 후회했던 것 같다. 아니, 선생님, 저는 헌혈을 하러 왔지 장기 이식을 하러 온 게 아닙니다. 게다가 전혈은 5분이면 끝났지만 성분 헌혈은 짧게는 40분, 길게는 1시간 20분까지도 걸렸다. 지금 생각해 보아도 내가 석사과정생부터 박사 수료생까지 14학기를 보내는 동안 60번이 넘는 헌혈을 한 건 기적과도 같은 일이었다. 그렇게 주사를 겁내는 한 인간이 격주로 한 번씩 1시간 넘게 긴 주삿바늘을 꽂고 누워 있었다.

나의 몸을 돌아 나간 피가 기계를 거쳐서 다시 돌아올 때의 그 질감을 잊을 수가 없다. 밖으로 나갔던 피가 그새 식었는지 차가운 무언가가 퐁퐁퐁 들어온다. 별로 아프지는 않았지만 그때마다 나는 차라리 생체 실험을 당하는 심정이 되었다. 제약 회사에 생동성 실험을 하러 온 가난한 대학원생, 혹은 수용소의 저항 시인이라도 된 것처럼 홀로 상황극을 해 보기도 했다. 특히 혈소판 성분 헌혈을 할 때는 피가 들어오는 순간부터 혀에서 톡 쏘는 쇠의 맛 같은 게 느껴졌다. 피가 굳지 않게 하는 항응고제 성분 때문이라고 했다. 간호사는 그럴 때 먹으라면서 초콜릿과 비타민 같은 것을 준비해 주었다. 이게 몸을 망가뜨리는 일이 아닐까 싶어 두렵기도 했지만 그렇다고 해도 사실 괜찮았다. 마음이 회복되는 게 더욱 중요했다.

내가 누운 기계에서는 자주 삑, 삑, 하는 경보음이 났다. 그때마다 간호사가 와서 피가 잘 나오지 않는다면서 주먹 운동을 열심히 하라고 말했다. 젊고 혈관도 좋은데 왜 남들보다 더 헌혈 시간이 오래 걸리는지 모르겠다고도 했다. 내가 성분 헌혈을 마치는 데는 보통 1시간 20분이 넘게 걸렸다. 간호사는 종종 내 곁에 와서 기계를 살펴보며 이해할 수 없다는 표정으로 고개를 절레절레 흔들었다. 그러면 나는 네, 네, 하고 열심히 손을 잼잼거렸지만, 간호사가 가고 나면 곧 그만두었다. 주먹을 쥘 때마다 바늘 끝이 혈관 여기저기를 쿡쿡 찌르는 듯한 이물감과 고통이 찾아왔기 때문이다. 바늘이 들어가고 나면 곧 아픔이 없어져야 할 텐데 나는 극도로 신경이 예민해져서 없던 아픔까지도 만들어 내고 말았다. 특히 30분이 지나고 나면 견딜 수 없을 만큼 팔이 저렸다. 간호사가 "이제 한 사이클만 더하면 되니까 힘내세요." 하면서 지나가면 남은 10분 정도의 시간이 영원처럼 느껴졌다. 누군가는 뭐 그렇게까지 하면서 굳이 헌혈을 하러 다녔느냐고 할지 모르지만, 그래도 헌혈이 끝나고 지혈대를 하고부터 찾아오는 그 성취감과 안온함을 잊을 수 없었다. '내 피 잘 쓰세요.' 하는 마음으로, 나는 푹 쉬었다. 그러다가 가끔 그대로 잠들기도 했다. 간호사가 이분 또 잠들었네, 하고 깨우러 올 만큼 정말로 안온한 몸과 마음이 되었다.

2주에 한 번씩 헌혈의 집을 찾게 된 나는 조금 더 건강해졌다. 사람의 몸에 대해 공부해 본 일이 없어 함부로 말하기는 어렵지만, 멀쩡한 피를 내보내고 몇 가지 성분을 걸러 내고 약품까지 넣어 다시 들여보내는데 몸이 건강해지기란 쉽지 않다. 정확히 말하면, 나는 헌혈하기 위해 조금 더 건강한 사람이 되어야만 했다. 일부러 운동을 하거나 좋은 음식을 챙겨 먹거나 한 것은 아니지만, 헌혈을 하기 며칠 전부터는 웬만해서는 술자리를 가지지 않았다. 적어도 나쁜 피를 주고 싶지는 않았던 것이다. 누군가에게 아기 옷을 물려줄 때도 좋은 세제를 넣어 세탁하고 정갈하게 개서 튼튼한 종이 가방에 넣어 건네는데, 피를 주는 마음도 다르지 않았다. 내 몸을 정갈하게 해야 했다.

성분 헌혈을 해 본 사람들은 알겠지만, 혈장은 아무래도 맥주를 닮았다. 맥주잔에 따라서 보여 준다면 누구라도 신선한 맥주라고 말할 것이 분명하다. 빨간색에서 어떻게 그런 색이 분리되는지 참 알 수가 없다. 나는 혈장이 모인 주머니를 보면서 항상 맥주를 떠올리곤 했다. 실제로 헌혈이 끝나고 맥주를 마시는 일도 많았다. 그러면 다른 날보다 조금 더 빨리 취할 수 있었다. 헌혈을 한 날에는 맥주를 마시는 게 좋다. 취하기에 가장 가성비가 좋은 날이다. 맥줏값이 덜 드니까, 그리고 2주 동안 헌혈을 할 일도 없을 테니까, 나는 이날 마음껏 술을 마셨다. 그런데 어느 날은 혈장의 색이 맥주같다기에는 너무 탁해 보였다. 잔을 기울여 받아 내지 않은 맥주처럼 거품도 많았고 전에 보지 못한 붉은빛이 돌았다. 내가 그걸 바라보고 있으니까 곁에 있던 간호사도 그걸 잠시 바라보고는 나에게 "혹시 어제 술

드셨어요? 아니면 삼겹살 같은 거." 하고 물었다. 억울해진 나는 며칠 동안 술을 마시지 않았다고 답했다. 그러자 그가 마치 준비해 둔 것처럼 "그럼 오늘 점심에는 뭐 드셨어요?" 하고 다시 물어서 짜장면을 먹었다고 다시 답했다. 그는 그럴 줄 알았다는 듯 그것 때문이라고, 헌혈을 앞두고는 그런 기름진 걸 먹으면 안 된다고 말했다. "짜장면은 백 프로예요, 진짜 절대 먹으면 안 되는 거."라고도 했다. 나는 고작 짜장면 한 그릇 때문에 사람의 피가 영향받는다는 걸 잘 믿을 수가 없었다. 내 표정이 석연치 않았는지 그는 잠시 기다리라고 하더니 무언가를 가져와 보여 주었다. 손가락만 한 시험관에는 피와 기름과 물 같은 것이 순차적으로 쌓여 있었다. 나의 피를 기계에 넣고 분리한 것이었다. 가운데의 지방층은 곰국을 식혔을 때 위에 뜬 굳은 기름과 비슷해 보였다. 피와 물만 분리되어야 하는데 그만큼 피에 불순물이, 그러니까 지방이 껴 있는 상태라고 했다. 나의 피에 짜장면의 기름이 섞여 돌아다니고 있다니. 헌혈이 아니더라도 다시는 짜장면을 먹지 않겠다고 잠시 다짐할 만큼 충격적이었다.

하긴 술을 마셔도 피에 알코올이 섞여 돌아다니게 되니까, 짜장면의 기름이라고 해서 섞이지 말란 법은 없다. 그러면 혈중 알코올 농도처럼 혈중 지방 농도를 측정할 수도 있겠다. 혹 불면 "선생님의 혈중 지방 농도는 지금 0.2가 넘었습니다." 하고 과태료가 부과되고 사람들은 건강을 위해서 자연스럽게 식단을 관리하고. 아니, 그보다도 자기 피에 섞여 있는 지방층을 보여 주는 것만으로도 사람들은 보다 더 건강해질 것이다. 혈중 지방 농도 측정기를 만들어 팔면 많은 돈을 벌 수 있지 않을까.

그날 헌혈이 끝나자 간호사는 나에게 "오늘 혈장은 아무래도 폐기할 것 같아요. 정확히는 모르겠지만요." 하고 말했다. 그러고는 "걱정은 마세요. 헌혈증도 나오고 기념품도 나와요." 하고 덧붙였다. 아니 간호사님, 그게 중요한 게 아니잖아요. 나는 그 순간 응당 누려야 할 그 안온함과 멀어지고 말았다. 그에게는 알겠다면서 고개를 끄덕였지만 내 피를 받을 사람에게 미안했고 내가 헌혈을 하는 데 관여한 모두에게도 미안했다. 한 사람의 몸에 있던 피가 바깥으로 나와 누군가에게 전해지는 데는 생각보다 많은 사람들의 손길이 오간다. 간호사뿐 아니라 그 피를 운반하고, 검사하고, 보관하고, 약으로 만들거나 수혈하는 사람들, 그리고 피켓을 들고 서 있는 봉사자들. 그들 모두가 한 사람의 피를 필요한 곳에 전하기 위해 노동하고 봉사하는 사람들이다. 그런데 단순히 내 몸의 문제로 피를 폐기하게 된다면 그건 모두의 노력을 덧없게 만들고 만다.

그 피가 폐기되었는지는 잘 모르겠다. 그런 것을 개인에게 알려 주지는 않았다. 다만 나는 내 몸에 타인에게 줄 수 없는 나쁜 피가 흐르고 있다는 사실이 참 슬펐다. 말하자면, 연결 불가능한 몸이 된 것이다. 이날은 순댓국집에도 들르지 않았고 맥주를 마시지도 않았다. 지방이 섞인 끈적한 피처럼, 축 늘어져 집으로 들어가고 말았다. 그 이후로 헌혈을 앞두고는 좋은 것만 먹었다. 치킨, 삼겹살, 짜장면, 돈가스, 이런 사랑스러운 음식들에게 잠시 작별을 고했다. 덕분에 이 시기의 나는 그럭저럭 건강했던 것 같다.

꼭 그런 노력 때문이 아니더라도, 나는 인생에서 가장 건강해야 할 20대 후반의 청년기를 지나고 있었다. '저는 담배도 안 피우고 헌혈을 앞두고는 술도 잘 안 마시니까 제 피를 받는 분들은 운이 좋은 거예요, 저도 열심히 하겠습니다.' 내가 아니라 나의 피를 받을 누군가를 위해서 2주에 한 번은 좋은 피를 가진 몸이 되어야 했다. 이 시기의 나에게 필요한 건 착한 몸과 착한 마음, 그리고 착한 피였다.

–◦◦◦–

학비를 보태 준
걸 그룹

◦ 사회적인 몸이 되었다고 거창하게 표현했지만, 그러한 감각을 타인에게 말로 전하기란 민망하고 부끄럽다. 그래서 많은 사람들이 저마다의 진짜 이유는 자신의 내밀한 영역에만 간직해 두고 가짜 이유를 전한다. 나도 누군가가 헌혈의 이유를 물으면 아 뭐, 그냥 기념품이 좋더라고요, 습관이 돼서요, 제 취미입니다, 하고 답하곤 했다. 나에게 3,000원짜리 문화 상품권을 받기 위해서 왕복 교통비와 2시간을 투자해 헌혈하러 다녀오는 건 한심한 일이라는 사람도 있었고, 그 시간에 자기 계발을 하라고 충고하는 사람도 있었다. 그들에게 헌혈을 마치고 나온 나는 "헤헤, 기념품 너무 좋다, 빨리 순댓국 먹으러 가야지!" 하고 헤실거리는 철없는 대학원생의 모습이었을 것이다.

사실 나도 기념품과 습관과 취미, 그리고 사회인이 되는 감각, 그중 무엇이 나를 헌혈의 집으로 이끌었는지는 잘 알지 못한다. 사람의 이유는 그렇게 정확하게 구분되지 않는다. 다만 단 1퍼센트의 지분만 차지하고 있더라도 자신에게 가장 애틋한 그것이 진짜 이유로서 그를 움직이는 법이다. 허삼관 씨도 어쩌면 그랬는지도 모른다. 가족을 위해 피를 파는 평면적인 사람이 아니라, 자신을 만들어 낸 소설가 위화도 모를 만한, 어떤 입체적인 이유를 간직하고 있었는지도.

그러나 나는 허삼관도 울고 갈 만한 매혈을 해 본 일이 있다. 이때는 누가 왜 헌혈을 하느냐고 나에게 물으면 "어, 그게, 그러면 제가 좀 사회적인 사람이 되는 것 같고…." 하고 말했을지도 모르겠다. 왜냐면 돈을 버는 게 진짜 이유가 되어 버렸기 때문이다. 이걸 굳이 고백하기도 부끄럽지만, 그래도 기록해 두고 싶다.

어느 날 헌혈을 하던 중 문득, 소녀시대와 눈이 마주쳤다. 2009년, 그들이 그해의 헌혈 홍보 대사였고 그에 따라 헌혈의 집 여기저기에는 적십자에서 만든 홍보 포스터가 붙어 있었다. 나는 아무래도 그 포스터를 넋 놓고 바라보았던 것 같다. 간호사가 다가와서 "소녀시대 좋아하시나봐요." 하고 말을 걸었기 때문이다. 2009년에 소녀시대와 원더걸스를 좋아하지 않는 20대 남성이 얼마나 되었겠나 싶다. 내가 "네, 그럼요. 좋아하죠." 하고 답하자 간호사는 포스터가 몇 장 남았다면서, 헌혈을 마친 나에게 종류별로 서너 장을 챙겨 주었다. 아니, 그렇게까지 좋아하는 건 아닙니다만, 하는 마음이 되기는 했으나 우선 감사히 받았다.

그렇게 소녀시대가 인쇄된 헌혈 홍보 포스터를 받아서 집으로 돌아왔으나, 이것을 집에 붙여 두기도 민망하고 그렇다고 연구실에 붙여 두면 선배가 "우리 민섭이가 합동 연구실 분위기를… 내가 참다 참다 한마디 하는데 말이다." 하고 참회의 술자리를 주선할 것이 분명했다. 아니 애초에 소녀시대와 대학원생이라니, 이만큼 안 어울리는 조합이 있어서는 안 됐다. 그렇게 소녀시대가 내 방 구석 어디에서 푸대접을 받던 그때, 대학원생이라면 해서는 안 되고 할 수도 없을 만한 어떤 깨달음이 찾아왔다. 소녀시대의 팬이라면 이 포스터를 소장하고 싶어 하지 않을까, 하는 생각이었다. 밑질 것도 없는 일이어서, 중고나라에 "소녀시대 브로마이드를 팝니다. 헌혈하고 받았어요." 하고 장당 5,000원에 올려 두었다. 그러면서 두근두근, 이래도 되나, 어차피 연락이 안 올 테니 괜찮아, 하고 합리화했다.

중고나라에 글을 올린 지 몇 분 만에 문자가 왔다. "아직 안 팔렸나요!" 내가 아직 안 팔렸다고 하자 그는 장당 5,000원에 네 장을 모두 사겠다고, 배송비까지 자신이 부담하겠다고 답해 왔다. 세상에, 헌혈을 한 번 하고 2만 원이라는 돈을 벌게 된 것이다. 내가 성분 헌혈을 하고 받는 문화 상품권이 3,000원짜리였으니까, 거의 세 달 치 기념품에 해당하는 금액이었다. 핸드폰 화면을 보면서 감격에 차 있던 그때 다시 문자가 왔다. "팔렸나요?", 그리고 쉬지 않고 다음과 같은 문자가 왔다. "남아 있으면 장당 7,000원에 다 삽니다!", "제발 저에게 팔아 주세요!", "제가 1만 원에 다 사겠습니다!" 아니, 이게 대체 뭐라고. 나는 중고나라에 접속해서 판매 완료 버튼을 눌렀다.

2주 후, 헌혈을 하던 나는 다시 소녀시대 포스터를 바라보았다. 지난번에는 눈 둘 데가 없어서 멍하니, 였다면 이번에는 이유가 있어서 간절히, 였다. 그러나 간호사가 야속하게도 그런 내 눈빛을 알아봐 주지 못해서 결국 내가 먼저 "저어, 저번에 그 소녀시대…." 하고 말을 걸고 말았다. 소녀시대가 뭐요, 하는 눈빛을 보내는 그에게, 지난번에 소녀시대 포스터를 주셔서 일하는 곳에 가져갔는데 다들 갖고 싶어 했다, 혹시 더 주시면 가져가서 나눠 주고 싶다, 하고 조심스럽게, 아니 구차하게 말했다. 그가 어떤 일을 하시는데요, 하고 물어서 "아, 저는 그, 학생들 가르치는 일 비슷한 걸 해요."

하고 답했다. 그러자 간호사가 "아, 학원 같은 데서 일하시나 보다, 학생들 나눠 주셨나 봐요." 하고 웃어서, 나도 그만, 네 네, 하고 따라 웃고 말았다. 차마 대학원에서 공부한다는 말을 할 수가 없었다. 대학원생과 소녀시대 포스터라니, 이처럼 구차한 조합이 세상에 존재할 리가 없다. 그는 몇 개나 남아 있는지 살펴보겠다면서 사무실로 들어갔다. 그를 기다리는 나는 두근두근, 제발 다섯 장만 주시면 좋겠습니다, 아니 열 장만 주시면 정말 평생 여기로만 헌혈하러 오겠습니다, 하고 기도하며 그가 나오기를 기다렸다. 그는 곧 양손 가득 포스터 뭉치를 들고 나왔다. "어차피 많이 내려와서 둘 데도 없는데 다 가져가세요. 한 스무 장 될 거예요." 아아, 간호사님, 저에게는 당신이 소녀시대입니다.

집에 돌아와서 중고나라에 접속한 나는 학위 논문 주제를 정할 때만큼이나 깊은 고민에 빠졌다. 소녀시대 포스터의 가격을 5,000원, 1만 원, 1만 5,000원, 얼마로 해야 할 것인가. 대학원생답게 선행 연구사 검토를 수행했지만 중간값이라는 게 없는 시장이었다. 결국 안 팔리면 말지, 하고 2만 원에 올려 두었다. 역시 너무 비쌌는지 연락이 오지 않았으나 결국 하루 만에 구매자가 나타나고 말았다. "장당 2만 원에 다 삽니다." 떨리는 마음으로 그에게 "스무 장이 있는데요." 하고 문자를 보내자 "감사합니다. 40만 원 입금하겠습니다."

하는 답이 왔다. 아니, 당신에게 소녀시대는 대체 무엇인가요. 너무 궁금해서 그에게 스무 장이나 되는 포스터를 어디에 쓸 것이냐고 물어보았더니 그는 자신의 방을 포스터로 도배할 것이라고 했다. 그러고는 "혹시 포스터 더 있으면 연락 주세요. 수량에 관계없이 다 삽니다." 하고 덧붙였다. 아아, 팬이라면 무릇 이 정도는 되어야 하는 것이다.

2주 뒤에 헌혈을 하러 가서 나는 소녀시대 포스터를 다시 조금 더 간절한 눈으로 바라보았으나, 더 달라고 하기에는 면목이 없어 그만두었다. 연구실의 한 학기(6개월) 조교 장학금이 80만 원이었으니까 소녀시대 포스터를 판매한 금액만으로도 3개월 치 월급이었다. 이만하면 충분한 것이다. 언젠가 옆에 다가온 허삼관 씨도 "그만하면 됐어, 나보다 더한 놈이었네, 이거." 하고 손가락질을 했다. 무엇보다도 헌혈을 마쳤을 때의 그 안온함과 다시 만나고 싶었다. 소녀시대가 헌혈의 진짜 이유가 되면 안 되는 것이다. 애써 홀가분한 마음이 되어 나가려는 나를 간호사가 붙잡았다. "이거 마지막으로 남은 포스터인데 필요하면 가져가세요. 오시면 드리려고 챙겨 뒀어요." 아아, 간호사님, 저에게는 당신이….

그 이후에는 누가 헌혈 홍보 대사가 되었는지 잘 모르겠다. 나는 다시 3,000원의 문화 상품권을 받고 순댓국을 먹으러 가는 대학원생 헌혈자로 돌아왔다. 한동안 소녀시대를 볼 때마다 고마움과 미안함이 동시에 찾아왔다. 그들에게 용돈을 받은 것 같기도 했고 빚을 진 것 같기도 했다. 소녀시대와 원더걸스 중 누가 더 좋아, 하는 그 딜레마에서 나는 답을 정했다. 학비를 보태 준 걸 그룹을 사랑하지 않으면 누굴 사랑하겠어.

돋아난 날개와
나쁜 사회인

○ 석사 학위 논문을 쓰는 데는 5학기, 정확하게 2년 반이 걸렸다. 석사 과정을 마치고 말없이 대학원을 떠나는 사람들도 종종 있었지만 나는 박사 과정에 입학했다. 왜 다시 그런 선택을 했느냐고 하면, 역시 왠지 그래야 할 것 같아서 그렇게 했다고 말하고 싶다. 거기까지 가고 보니 다른 길이 잘 상상되지 않았다.

출석부에서 석1, 석2, 석3, 석4 하고 올라가던 숫자가 이제 박1이 되었다. 나는 여전히 두 개의 현대 소설 수업과 한 개의 판소리 수업을 듣고 학과 사무실에서 근무를 서고 합동 연구실에서 논문을 썼다. 별로 달라진 것 없는 일상이었다. 그러나 '먼지'로만 표현되던 한 개인의 몸에는 변화가 있었다. 자료들을 네이버 한자 사전 없이도 그럭저럭 읽을 수 있게 되었고, 논문을 어떻게 써야 할지도 조금은 길이 보이기 시작했다. 무엇보다도 후배들에게 "그래, 자료는 잘 읽은 거지?" 하고 말하는 선배가 되었다. 나의 몸은 여전히 먼지였지만 이전과는 조금 다른 중층을 부유하고 있었다.

석사 학위 논문이 인준되던 학기에 나는 적십자로부터 '헌혈 유공장 은장'을 받았다. 헌혈을 30번 하면 나오는 훈장이라고 했다. 나는 그 은색의 메달과 배지를 나의 연구실 자리에 몰래 놓아두었다. 50번의 헌혈을 하고 금장을 받은 것은 2011년 4월 29일, 박사 과정 2학기를 막 지나던 무렵이었다. 그때 나는 스물아홉 살이 되어 있었다. 계산해 보니 앞으로 남은 시간 동안 2주마다 계속 헌혈을 하면, 만으로 서른이 되기 전에 100번을 채우게 된다. 그러면 '헌혈 유공장 명예장'이라는 것이 나온다고 했다. 나는 1등에 대한 욕심은 별로 없지만 열 번째, 100번째, 하는 개인적인 숫자들에 큰 의미를 부여하는 편이다. 그런데 20대에 100번이라는 숫자를 채울 수 있다니. 어떤 게임을 하다 보면 '일곱 살에 곰을 잡은 OOO' 하는 칭호를 얻을 수 있다. 나는 '서른이 되기 전에 헌혈 100번을 한 김민섭'이 되고 싶었다. 서른이 되기 전에 박사가 되지는 못할 것이고, 정규직이 되지도 못할 것이고, 4대 보험을 보장받는 삶도 요원할 것이지만, 적어도 이 헌혈이라도.

그러나 그 이후 오히려 헌혈의 집에 가는 일이 줄었다. 한 달에 한 번, 두 달에 한 번, 그러다가 박사 과정을 수료하고부터는 거의 가지 않게 되었다. 더 바빠졌느냐고 하면 그런 것도 아니었다. 매일 발제를 해야 하던 석사 과정생 시절보다는 몸과 마음의 여유가 생겼다. 박사 논문을 써야 한다는 중압감은 있었지만 우선은 주 8시간의 글쓰기 강의만 맡아서 하면 되었던 것이다. 그러면서도 수료생이 되고 대학에서 나오기까지 3년의 시간 동안 간신히 열 번의 헌혈을 했을 뿐이다. 이때의 나는 어떤 환상에 빠져 있었던 것 같다. 가령, 나의 몸에 작은 날개가 돋아났다든가 하는.

동경하던 학회지에 첫 번째 논문을 투고하고 '수정 후 게재' 판정을 받았을 때, 첫 강의 평가에서 5.0점 만점에 4.8점을 받고 최우수 강사로 선정되었을 때, 나는 어딘가에 얼굴을 파묻고 조용히 소리를 질렀다. 나는 연구자야, 나는 교수야, 하고 비로소 나를 규정하게 된 것이다. 연구실과 강의실에서 이전과는 다른 자존감이 나를 감쌌다. 나와 같은 시간을 보내 온 이들과 '그래, 네가 해낼 줄 알았어. 축하해.' 하는 마음을 주고받으면서, 나도 그들도 달라진 서로의 몸을 발견했다. 연구자, 선배, 박사, 선생님, 교수님 같은 단어들이 먼지 같은 몸에 작은 날개가 돋아나게 한 것이다. 강의실에서 나의 호칭은 이제 '교수님'이었다. 그저 시간 강사일 뿐이었지만 그것이 나를 정말로 젊은 교수가 된 것 같은 환상으로 이끌었다. 그때부터 나는 나를 짓눌러 왔던 공기를 딛고 유영하기 시작했다.

헌혈이 끝난 후 찾아오던 안온함과 나는 조금씩 멀어지고 있었다. 어서 논문을 쓰러 연구실로 돌아가야 할 것 같았고, 언젠가부터는 따뜻한 국물을 먹어야겠다는 허기도 찾아오지 않았다. 익숙함이나 지루함 때문은 아니었다. 대학원이라는 공간에서 나라는 존재의 자리를 감각하게 되면서, 그 바깥을 잘 상상하지 않게 된 것이다. 이 시기의 나에게는 대학만이 유일한 세계였다. 강의실과 연구실은 대학에만 있고 지도 교수도 여기에서만 만날 수 있다고, 내가 누군가와 연결될 수 있는 사회는 여기뿐이라고 굳게 믿었다.

자신이 속한 공간을 유일한 세계로 인식하고 그 안에서만 자신의 존재 이유를 확인하는 일은 위험하다. 그러면 거기에서의 고난은 미화되고 작은 성취는 큰 영광으로 남는다. 누군가에게는 자신의 군대 시절이 그러하고, 누군가에게는 대학원 석사 시절이 그러하고, 누군가에게는 작은 모임을 이끌던 시절이 그러할 것이다. 나는 '석사 시절에는 어렸지, 그때 내가 고생 많이 했지.' 하고 추억하는, 나쁜 사회인이 되어 갔다. 후배들에게도 "논문을 많이 써야 한다. 우리는 연구자다. 교수님들께 잘해야 한다."와 같은 말을 하기 시작했다. 자 들어 봐, 라떼는 말이야. 그래서 나의 헌혈은 63회에서 멈췄다. 헌혈이 아니라 무엇으로도 더 이상 대학 바깥의 나도 타인도 잘 상상할 수 없게 되었기에.

연약의 시절을 거친 사람만이
할 수 있는 일

○ 박사 과정을 수료하고 3년쯤 지나서, 나는 대학에서 나왔다. 강의실에서 인문학을 가르치면서 학생들에게 많은 질문을 했지만 정작 나를 향한 "나는 노동자이자 사회인으로서 잘 살아가고 있는 건가." 하는 질문에는 답을 할 수가 없었다. 점점 크게 돋아나던 날개는 그 물음표가 가장 커졌던 어느 날 쉽게 떨어져 나갔다. 사실 날아오른 일이 없었기에 크게 추락해 다치는 일도 없었다. 이때 쓴 글이 『나는 지방대 시간 강사다』였다. 스스로를 '대학의 여기저기를 부유하고 배회하는 유령'으로 규정한 나는 공부를 그만두었다. 정확히 말하면 대학에서의 공부를 그만두었다. 대학 바깥에도 나와 연결될 사회가 있음을, 강의실과 연구실이 있고 내가 마음먹기에 따라 누구든 나의 지도 교수가될 수 있음을 알았기 때문이다. 그 이후로 내가 하고 싶은 공부를 하면서 계속 글을 쓰기로 했다.

대학에서 나온 지 2년 만인 2017년 6월에 나는 헌혈의 집을 다시 찾았다. 이날 64번째 헌혈을 했다. 특별한 계기는 없었다. 역시 설명할 수 없는 하나의 고리가 되는 그런 날이었을 것이다. 그 시기의 내가 다시 먼지가 되어 대학 바깥을 부유하고 있었던 것은 아니다. 나를 작가라고 불러 주는 사람들이 많아졌고 내가 쓴 글은 이전의 논문과는 달리 많은 사람들에게 가서 닿았다. 헌혈을 하더라도 이전과는 다른 감정이 찾아올 것이었다.

그러나 나의 피가 모이고 있는 모습을 보는 순간, 나는 석사 과정생 시절의 그 마음으로 돌아가고 말았다. 그때는 세 번째 책의 원고를 쓰고 있던 참이었다. 글을 쓰는 건 외로운 일이고 책을 내는 건 두려운 일이다. 나의 글을 함께 써 주는 사람이 없으니까 외롭고, 나의 책이 1쇄도 다 팔리지 못하고 사라질 것만 같으니까 두렵다. 세 번째 책은 유난히 더 읽어 줄 사람이 없을 것 같아서 외롭고 두려웠다. 그래서 헌혈의 집을 찾은 나는 오랜만에 스스로에게 물었다. 내가 쓰는 글이 지금 나오고 있는 나의 피만큼 누군가에게 쓸모 있게 가서 닿을 것인가. 나는 거기에 답할 수 없었다. 나의 몸 안에는 여전히 타인에게 나누어 줄 수 있는 가치 있는 무엇이 들어 있는 것이다. 조금은 덜 외롭고 덜 두려워졌다. 헌혈이 끝나고 지혈대를 하고 누운 그 순간에는 한동안 잊고 있던 이전의 그 안온함이 찾아왔다. '내 피 잘 쓰세요. 저도 그런 글을 쓸게요, 자신은 없지만.' 하는 마음으로 나는 오랜만에 푹 쉬었다.

2021년 봄까지, 나는 80번의 헌혈을 했다. 20대에 100번의 헌혈을 하는 데는 실패했지만 30대에는 그렇게 될 수 있을지도 모르겠다. 다시 헌혈을 하고 있는 건 여전히 나의 피보다 가치 있는 글을 쓸 자신이 없기 때문이다. 아무래도 계속 그럴 것이다. 다만 글을 쓰려면 어제보다 조금은 더 좋은 사람이 되어야 한다고 믿는다. 나는 좋은 몸과 마음을 가지기 위해, 내가 아는 가장 좋은 방법인 헌혈을 계속해 나가고 싶다. 다시 찾아온 이 안온함이 기쁘다.

나는 그렇게 단단한 사람이 아니다. 평범하고 나약하고 무엇보다도 연약한 사람이다. 단단한 사람이 타인을 잘 도울 수 있을 것이다. 그러나 연약의 시절을 거친 사람만이 누군가를 도울 수 있다. 모두에게는 연약의 경험이 필요하다. 자신의 몸이 수십 번씩 깎여 나가 먼지가 되고 세계의 중력을 이기지 못해 짓눌려 부유하는 그때, 한 개인은 자신의 세계 너머, 조금 더 넓은 지평을 상상하게 된다. 그리고 그 세계와의 연결을 간절히 원한다. 그러한 과정이 평범한 누구에게나 온다. 그러나 자신의 등에 날개가 돋았다는 환상 역시 언젠가 찾아온다. 이때 우리는 자신의 연약한 시절을 기억해 내는 동시에 스스로에게 끊임없이 물음표를 만들어 내야 한다. 그런 그들이 결국 이 세계를 연결해 내고 구원해 낼 것이다. 나는 연약의 경험을 간직한 모두를 사랑한다. 모든 연약한 존재는 애틋하고 귀하다.

헌혈하면서 구원받은 것은 결국 나 자신이었다. 피를 받을 누군가를 상상하면서 나를 사회적 존재로 자각할 수 있었다. 그렇게 자신의 몸과 마음을 버티게 해 준 무엇이 저마다에게 있을 것이다. 나에게는 그게 헌혈이었지만, 누군가는 채식이라고도 했고 달리기나 요가 같은 운동이라고도 했다. 언젠가 나는 '취향관'이라는 곳의 호스트가 되어 모임을 가졌다. 그때 내 연약의 시절을 고백하자 모두가 저도요, 저도 그랬어요, 하고 자신이 꾸준히 해 나갔던 일들을 고백하기 시작했다. 그중 채식을 한 멤버는 그때 자신은 누구도 상처 주고 싶지 않았다고, 그리고 이 세계에 뭐라도 보탬이 되고 싶은 마음이었다고 했다. 그러한 마음은 결국 연약의 시절을 거친 이들에게서 나오는 것이 아닐까.

다만 이 시기의 나는 나를 소진시키는 것으로만 누군가를 돕고 그와 연결될 수 있다고 믿었다. 그러한 믿음은 자신이 많은 것을 가져야만 세계와 연결될 수 있다는 슬픈 결론에 다다르게 한다. 돈을 더 많이 벌어야, 사회적 지위가 높아져야, 유명해져야 타인을 돌아보는 일이 가능하다고 믿게 된다. 그래서 나는 내가 가진 무언가를 전하는 것 외에 다른 연결의 방식을 잘 상상할 수 없었다. 나에게는 '다음'이 필요했다.

2

나와 닮은 사람 찾기, 김민섭 씨 찾기 프로젝트

AIRLINE TICKET

BOARDING PASS
Airports Company

FLIGHT:
A 0198

GATE:
A12

SEAT:
29B

Passenger Name:
Minseop Kim

여행하지 않는
인간

○ 나는 여행을 좋아하지 않는다. 정확히 말하면 집 바깥으로 나가는 일을 싫어한다. 아주 어린 시절부터 지금까지 여행이란 잘 버티다가 다행히 집으로 돌아가는 것, 그 이상의 무엇이 아니었다. 초등학생 때부터 수련회 가정 통신문을 집으로 가져가면서 엉엉 울었고, 수련회를 가는 버스 안에서는 2박 3일 동안 버스에서 내리지 않으면 좋겠다고 간절히 기도했다. 부모님이 여행을 가자고 해도 그 돈으로 집에서 짜장면이나 먹자고 말했다고 한다. 그만큼 낯선 곳에서 나의 안락함을 방해받는 일이 싫었다. 그런 사람들이 있는 법이다. 집에서만 평안을 얻고 집에서만 몸과 마음이 충전되는. 곧 떠나야 할 낯선 곳에서는 삶의 의미를 만들어 내기 어려운.

여행하지 않는 인간으로 살아온 핑계를 대자면 대학원

때문이기도 했다. 이름이 꽤 거창한 연구실의 조교가 되었을 때 박사 과정 선배는 늘 출근해야 하는 건 아니지만 교수님이 찾을 때 없으면 안 된다고 말했다. 아아, 그냥 매일 나오라는 말이군요. 모 선배는 식당에서 밥을 막 먹으려는 참에 교수의 호출이 와서 "다시 와서 먹을 테니 그냥 두세요." 하고 다녀와서 식은 밥을 먹었다고도 했고, 모 선배는 서울 톨게이트에 진입했다가 지도 교수의 전화를 받고 "연구실 근처에 있으니 금방 갑니다." 하고는 차를 돌려 원주의 연구실로 돌아왔다고도 했다. 그들의 말을 들으며 나는 그만 숙연해지고 말았다. 그만한 각오로 연구실을 지켜야 하는 것이었다. 일을 시작하고 나니 막상 그렇게 할 일이 많은 것도 아니어서 그럭저럭 눈치를 보아 외출을 다녀오기도 했지만, 며칠씩 떠나 있는 일을 상상하기란 쉽지 않았다.

갑자기 여행을 다녀오고 싶어진 것은 2017년 가을에 가진 어느 술자리 때문이었다. 누군가가 자신이 티베트에서 티베트어를 배웠다고 하자 누군가는 자신도 비슷한 시기에 다람살라라는 인도인지 우주 정거장인지 하는 어딘가에 있었다고 했다. 두 사람은 그때부터 의기투합해서 나를 밀어내고 서로의 여정을 나누기 시작했다. 북유럽에서 요트를 탔다든가 히말라야 어디를 트레킹했다든가. 그게 나

74

에게는 달나라에 다녀왔다는 말과 다르지 않게 들렸다. 어느새 그들은 닐 암스트롱과 유리 가가린이 되어 내 앞에 앉아 있었고, 나는 달에 착륙한 그들을 바라보는 무기력한 옥토끼가 되어 있었다. 그들이 얄미우면서도 그간 나의 삶이 안쓰럽기도 하고, 무엇보다도 내가 정말로 여행을 싫어하는 사람인지 궁금해졌다. 사실 제대로 다녀와 본 일이 없으니 나도 모르는 것이다.

며칠 뒤 아내에게 혼자서 해외여행을 좀 다녀오겠다고 말했다. 조심스럽게, 그의 기분이 그럭저럭 좋아 보이는 날을 택했다. 왜 갑자기 여행이고 왜 혼자냐, 자신과 아이들은 어쩌냐, 하고 당연한 반응을 보이는 아내에게 대학원 생활을 조금 과장해서 들려주면서, 내가 여행을 좋아하는 사람인지 아닌지 알고 싶다고, 그러나 누군가와 함께 가면 그 사람을 따라다니다 여행이 끝날 테니 혼자서 다녀오고 싶다고 답했다. 그는 나에게 혼잣말처럼 "참 불쌍한 인생이네…." 하고 말했다. 그러면서 자신은 젊은 날에 유럽, 중국, 대만, 동남아, 일본 등 여러 국가에 여행을 다녀왔다고 했다. 주방의 식탁 너머에 마주 앉은 나의 아내가 조금씩 달나라로 멀어져 가고 있었다. 나도 그에게 혼잣말처럼 "와, 좋았겠다…." 하고 말했다. 그러자 그는 "그래, 여행은 재미있는 거야. 당신도 며칠 동안 다녀와. 여행의 재미를 느끼면 좋겠다. 주말에는 같이 애들 봐야 하니까 평일에 2박 3일 정도." 하고, 별로 대단한 일도 아니라는 듯 그럭저럭 흔쾌히 고개를 끄덕였다.

아내에게는 늘 미안하다. 여행을 좋아하는 사람이 어쩌다가 나 같은 사람과 만나고 말았다. 대학에서는 동아리 활동을 산악부에서 했다고 한다. 암벽 등반 같은 것도 했다는데 나로서는 잘 상상이 가지 않는다. 그가 여행을 가자고 제안할 때마다 나는 시간과 비용의 이유를 들어 거절했다. 튀르키예로 신혼여행을 가고 싶다고 했을 때도 그랬다. 우리 형편에 거길 어떻게 가느냐고 말하기는 했지만, 사실 낙타를 타고 터번을 두른 사람이 벌써 긴 칼을 차고 내 옆에 있는 듯했다. 튀르키예, 위험한 형제의 나라. 결국 아내가 열 번 넘게 다녀왔다는 제주도로 2박 3일의 신혼여행을 가서도 '집엔 언제 가지….' 하는 마음뿐이었다. 언젠가부터 아내는 여행 가자는 말을 하지 않았다. 그래서 나는 그가 여행을 좋아하는 사람이라는 사실을 잊어갔다. 어차피 아이가 태어나고부터는 외출을 하는 일도 쉽지 않았다. 그러던 어느 날, 그는 집에서 블록 놀이를 하는 아이를 보면서 "너무 불쌍해, 집에만 있고." 하고 말했다. 나는 그 말이 무척 충격적이었다. 나는 집에만 있어서 행복하고 평안했던 것이다.

아내는 집에서 몸도 마음도 소진되어 갔던 것이다. 나는 그럴수록 아내가 집에서 편히 쉬기를 바랐으나 그가 바라는 건 바깥으로 나가는 일이었다. 어쩌면 우리는 여우와 두루미인지도 모른다. 맛있는 음식을 상대방이 먹을 수 없는 호리병이나 넓은 접시에 담아서 건네고는 '어, 왜 이 맛있는 걸 안 먹지.' 하고 서운해 한다. 아니면 거북이와 원숭이인지도 모른다. 상대방에게 바다 구경을 시켜 주기 위해 등에 태우고 물속으로 들어가고는 '어, 왜 숨을 못 쉬지.' 하고 슬퍼한다. 그러한 종류의 존재들이 함께 살아가려면 서로를 이해해야만 한다. 상대방의 모습을 잘 살피고 맞추어 가야 한다. 누구의 탓을 하기는 어렵겠으나 굳이 문제를 찾자면 나의 쪽에 더 있겠다. 나보다는 나의 아내와 닮은 사람들이 더욱 많을 것이다. 집 바깥에서 활기를 얻고 몸과 마음을 충전하는. 가끔이라도 낯선 곳에서 자극을 받고 새로운 삶의 의미를 만들어 내야 하는.

아내는 내가 여행의 재미를 느끼고 돌아오기를, 그래서 자신을 이해해 주기를 바랐는지도 모르겠다. 그런 마음이 전해져서 나에게는 어디로든 즐겁게 다녀와야 한다는 사명이 생겼다. 알고 보니 내가 여행을 좋아하는 사람이었기를 바라며, 적당히 비장하고 설레는 마음으로 어디로 가야 할지를 고민하기 시작했다.

사람이
안 하던 일을
하려면

○ 나의 첫 해외여행지는 '후쿠오카'로 정해졌다. 2021년인
지금이라면 코로나가 아니더라도 굳이 일본으로 여행을
가지는 않겠지만 2017년만 해도 많은 사람들이 일본을 오
갔다. 그래도 왜 후쿠오카였냐고 하면 가장 싸고 가까웠기
때문이다. 애초에 유럽이나 남미나 아프리카 같은 곳은 멀
고, 비싸고, 무섭고, 하는 여러 이유로 고려 대상이 아니었
다.(저기 '무섭고'의 글자 크기가 좀 더 커야 한다.) 나는 이미
후쿠오카라는 단어만으로도 대기권 돌파를 앞둔 우주 비
행사의 심정이 되고 말았다. 아, 세상에, 무사히 귀환할 수
있을까.

2017년 12월 5일부터 7일까지, 2박 3일의 후쿠오카 여
정을 잡았다. 후쿠오카는 인천 공항에서 1시간이면 도착
할 수 있다고 했다. 게다가 왕복 항공권의 가격이 고작 7만

8,000원이었고, 공항 사용료라든가 유류 할증료라든가 하는 수수료를 더해 봐야 10만 8,300원이었다. 내가 어렴풋이 상상한 금액의 절반도 되지 않았다. 비성수기, 평일, 저가 항공사, 이러한 여러 조건에 더해 '땡처리 티켓'이라는 이름이 붙었기에 가능했을 것이다.

나는 사실 비행기를 탄다면, 그러니까 어디론가 날아가야 한다면 100만 원은 내야 할 줄 알았다. 내가 여행을 싫어하게 된 이유 중 하나는 비용이었다. 여행을 가면 바가지를 쓴다든가 사치스러운 일을 하게 된다는 말을 많이 들었다. 그 연원을 추적하다 보면 나의 어머니가 있다. 미국에 가 보고 싶다고 하는 어린 시절의 나에게 1,000만 원은 들 것이라고 했던 것이다. 그 기억은 아직도 선명하게 남아 있다. 그래서 나는 비행기라는 것은 대단한 부자들이나 탈 수 있겠다고 막연히 상상하고 말았고, 비행기를 타야 갈 수 있는 곳들을 머리에서 지웠다. 아이에게 응답할 때는 더욱 섬세해야 한다. 작은 숫자 하나가 그의 세계가 형성되는 데 큰 영향을 미친다. 재미있는 것은, 그 말을 했던 젊은 시절의 나의 어머니도 미국은커녕 제주도로 신혼여행을 다녀온 게 여행의 전부였다.

출국까지는 2주가 남아 있었다. 하루하루 설레고 두려

운 나날들이었다. 그러나 사람이 하지 않던 일을 하려고 하면 그리 순탄하지는 않은 법이다. 둘째 아이가 눈이 아프다고 해서 대학 병원을 찾았다. 아이의 눈을 살펴본 의사는 "아니, 뭐 하다가 이제 왔어요. 당장 수술이 급해요." 하고 나와 아내를 질책하듯 바라보았다. 정말이지 드라마에서나 나올 법한 전개였다. 다행히 수술보다는 시술에 가까운 것이고 하루만 입원하고 퇴원하면 된다고 했다. 그는 수술 날짜를 나의 출국 하루 전으로 잡아 주었다. 아니 선생님, 그날은 안 되는데요. 내가 조심스럽게 "저어, 다른 날은 안 될까요?" 하고 묻자 그는 당분간의 수술 스케줄을 살펴본 뒤 그날이 아니면 안 되겠다고 했다. 결국 나는 병원으로 갈 것인가 공항으로 갈 것인가를 선택해야 했다.

아내는 나에게 "당신 여행 다녀오고 싶으면 다녀와. 많이 기대하고 있잖아." 하고 말했다. 나는 잠시 마음이 흔들렸지만 병원으로 가겠다고 답했다. 지금 생각해도 그러기를 참 잘했다. 아픈 아이와 무엇보다도 혼자 그를 돌봐야 할 아내를 두고 여행을 갈 수는 없었다. 간다고 해도 2박 3일 여행을 다녀온 것으로 10년 넘게 몸과 마음이 계속 불편할 것이었다. 함께 살아가야 할 사람에게 그런 마음의 빚을 남겨 두면 두고두고 갚아야 한다. 나를 위해서라도 병원으로 가는 게 맞았다.

여행사에 전화해서 항공권을 환불받을 수 있을지 물었다. 젊은 상담원이 친절하게 환불이 가능하다고 답해 주어서 나는 안도했다. 그러나 그는 약관에 따라 취소 수수료를 제하고 나면 1만 8,000원 정도가 환불될 것이라고 덧붙였다. 10만 8,300원을 주고 구매한 항공권이었다. 2주라는 시간이 아직 남아 있고 매진이 되었으니까 누군가가 곧 빈자리를 채울 것이다. 나는 상담원에게 이것은 잘못된 정책이라고 말하고 싶었다. 그에게 이게 말이 되냐고 따지거나 책임자를 불러 달라고 하면, 다만 몇만 원이라도 돌려받을 수 있을지 모른다. 그러나 대학에서 나오면서 다짐한 게 하나 있다면, 나를 닮은 사람들에게는 화를 내지 않기로 한 것이다. 그도, 그의 책임자도, 결국 자신의 자리에서 노동하는 나와 닮은 한 개인일 뿐이다. 분노는 그들이 아니라 그들을 감싼 구조를 향해야 한다. 그러한 분노를 잘 간직해 두었다가 나와 닮은 사람들과 함께 분노하면, 그건 잘못된 일이라고 함께 말하면, 우리 주변의 잘못된 제도와 문화를 조금씩 바로잡을 수 있을 것이다. 나와 닮은 개인에게 분노하는 것으로는 무엇도 바꿀 수 없다고, 나는 믿고 있다.

그러나 구매 금액의 20퍼센트도 안 되는 금액을 돌려받기는 아쉬웠고 억울하기도 했다. 차라리 이 항공권을 양

도할 수 있다면 주는 사람도 받는 사람도 1만 8,000원보다
는 더 행복할 것이었다. 타인에게 양도할 수 있는지 문자
상담원은 이번에도 친절하게 양도가 가능하다고 답해 주
었다. 그러면서 세 가지 조건을 갖춘 사람을 내가 직접 찾
아와야 한다고 했다. ① 대한민국 남성이어야 해요, 네 알
겠습니다. ② 그 사람의 이름이 김민섭이어야 해요, 네 뭐
라고요. ③ 그리고 그 김민섭 씨의 여권에 있는 영문 이름
의 스펠링이 띄어쓰기까지도 완전히 같아야 해요, 아니
뭐요.

내가 그 상담원이었다면 차라리 양도가 불가능하다고
말했을 것 같다. 그만큼 거의 불가능한 미션이었다. 여행
을 갈 김민섭 씨를 간신히 찾는다고 해도 그 사람의 여권
에 적힌 영문 이름이 완전히 같을 확률이 얼마나 될까. 특
히 '섭'이라는 글자가 그랬다. 나는 SEOP를 쓰지만 누군
가는 SEOB를 쓰고, 그밖에도 SOB, SOP, SUB, SUP 등등
다양할 것이다. 옆에서 통화 내용을 듣던 아내는 말이 안
된다면서 차라리 1만 8,000원을 환불받고 치킨이나 한 마
리 먹자고 말했다. 과연, 나도 비슷한 마음이었다. 그러나
"네, 그러면 환불해 주세요." 하고 말하려는 순간, 내가 이
김민섭이라는 흔한 이름으로 지금 이 시대에 태어나 살아
가고 있는 이유가 여기에도 있지 않을까, 하는 마음이 문

득 찾아왔다.

　김민섭이라는 이름은 흔하다. 특히 나의 세대에는 김민섭, 김민석, 김민성, 김민선 등등 '김민-'에서 파생된 비슷한 이름이 많다. 요즘 아이들 이름에 '-율'이라는 자가 들어가는 것처럼. 그래서 나는 많은 김민섭들을 알고 있다. 사실 하루에도 몇 번씩 그 이름을 인터넷에서 검색해 본다. 누가 내 책을 읽고 서평이라도 쓰지 않았을까, 하는 마음에서다. 나뿐 아니라 많은 작가들이 그렇게 한다. 나는 그때마다 내가 아닌 여러 김민섭 씨들과 만난다. 우선 기억나는 사람들은 농구 선수, 축구 선수, 야구 선수, 수영 선수, 무용가, 국립 해양생물자원관 팀장, 세실극장 운영자 등이다. 농구 선수 김민섭 씨는 3대3 농구에서는 국내 1인자라고 한다. 프로에서 은퇴하고 길거리농구라는 새로운 길을 선택했다. 야구 선수 김민섭 씨는 내가 좋아하는 KT 위즈라는 팀의 젊은 내야수다. 그 팀을 응원하러 갔던 친구가 「김민섭 파이팅!」이라는 응원 동영상을 찍어서 나에게 보내 주어서 나는 그것을 간직하고 있다.(같은 팀에 송민섭이라는 선수도 있다. 내가 처음 KT 위즈 팀의 야구를 보러 갔던 날, 그가 대타로 나와 12회 말 끝내기 안타를 쳐서 나는 그의 이름이 마킹된 유니폼을 샀다.) 축구 선수 김민섭 씨는 지도자 생활을 하고 있는 듯하다. 국립 해양생물자원관에도 김민섭 씨가 있다. 희귀 바다뱀을 발견했다거나 바다거북을 해부했다거나 하는 기사에서 종종 그의 이름을 본다. 서울 정동 세실극장의 극장장 김민섭 씨도 있다. 그는 40년 넘게 극장을 운영해 왔다고 한다. 경북예고에는 고등학생 김민섭 씨가 있다. 무용계의 신성이라는 그는 얼마 전 동아무용콩쿠르에서 금상을 받았다.

그러나 항상 좋은 일로만 그들과 만나는 것은 아니다. 2017년에 세실극장이 폐관되었을 때 나는 극장에 가 보지 못한 것이 괜히 미안해졌다. 학교 폭력을 겪었다는 중학생 김민섭 씨가 검색되었던 날에 나는 많이 우울했고 그를 위해 무엇을 할 수 있을지를 고민했다. 어쩌면 그들은 자신의 이름을 검색하다가 이미 서로를 발견했을 것이다. 그리고 내가 그랬던 것처럼 언젠가부터 응원과 위로를 보내는 사이가 되어 있을지도 모른다.

나는 김민섭 씨를 찾아보기로 했다. 어딘가에 반드시 있을, 나 대신 여행을 다녀올, 나와 닮은 사람을. 나의 조혈모세포 혈액 샘플은 아직도 10년 넘게 주인을 기다리고 있지만 적어도 이름이 같은 사람은 내가 직접 찾아 나설 수 있을 것이다. 나는 상담원에게 찾아보겠다고 말하고는 전화를 끊었다. 열흘의 시간이 남아 있었다. 최대한 빨리 그를 찾아야 했다.

○ 막상 김민섭 씨를 찾으려고 하니 막막했다. 살면서 몇 명의 김민섭과 만나기는 했지만 그들과 연락을 하면서 지내는 건 아니었다. 문득 2000년대 초반의 싸이월드 미니홈피가 떠올랐다. 출생 연도와 이름으로 미니홈피를 검색할 수 있었다. 그래서 자신과 이름이 같은 사람의 미니홈피에 방문해서 방명록을 남기는 것이 유행하기도 했다. 나의 미니홈피에도 수십 명의 김민섭 씨들이 찾아왔다. "안녕하세요, 저도 김민섭입니다." 나는 너도밤나무 같은 그들을 보면서 같은 이름을 가진 사람들이 함께 모여 축구팀이나 야구팀을 만들어도 재미있겠다고, 아예 김민섭 운동회를 열어도 좋겠다고 생각했다. 여기저기서 김민섭 씨들이 "저어, 저는 농구를 잘합니다, 저는 달리기를, 큰 공 굴리기를." 하고 나타날 것만 같았다. 나는 제자리멀리뛰기를 잘한다. 1등도 김민섭, 2등도 김민섭, 3등도 김민섭, 심판

도 김민섭, 응원하는 사람도 김민섭.

　나에게는 2015년에 「나는 지방대 시간 강사다」라는 글을 연재하면서 만들어 둔 페이스북 계정이 있다. 나의 페이스북 친구들 중 김민섭이라는 이름의 친구를 둔 사람이 반드시 있을 것이다. 그가 아니라면 그의 친구의 친구라도. 나는 페이스북에 다음과 같은 글을 올렸다.

　　김민섭 씨를 찾습니다.
　　후쿠오카 왕복 항공권을 드립니다.

　　12월 5일부터 7일까지 일본 후쿠오카에 다녀오기로 하고 비행기표를 예약했다. 왕복 항공료는 7만 8,000원이었고 수수료까지 10만 원이 조금 넘었다. 세상에, 아무리 최저가로 검색해서 저가 항공사를 선택했다지만, 싸도 너무 싼 게 아닌가 싶었다. 태어나서 처음으로 가는 해외여행, 그것도 내가 항상 꿈꾸던 '일본의 아무 술집에 들어가서 참치 초밥과 닭튀김을 주문해서 생맥주와 함께 한잔…, 그러면 정말 행복하겠다. 죽기 전에 해 봐야지.' 하는 것을 꼭 해 보려고 하루하루 설레고 있었다.(노르망디, 포카라, 그리고 독일에 가서 맥주와 소시지 먹어 보기. 최근에 생긴 이 꿈들은 나에게는 달나라에 가는 것과 별 차이가 없는 듯하다. 후쿠오카도 마찬가지다.)

그런데 아이의 병원 진료도 있고 다른 개인 사정도 생겨서 가지 못하게 되었다. 여권도 만들고, 공항에 가서 여권 심사도 받고, 내려서 구글 맵 켜고 술집도 찾아다니고, 그러면 얼마나 재미있을까, 쓸 수 있는 글도 새롭게 생길 거야, 하고 정말 즐거웠는데 아쉽다.(사실 정말 슬프다.) 항공사에서는 "취소 수수료가 조금 비싸요. 돌려받으실 돈은 1만 8,000원입니다."라고 했다. 땡처리 항공권은 원래 그렇다고 한다.

그래서, 김민섭 씨를 찾습니다. 여권에 KIM MIN SEOP이라는 이름이 등록된 남성분께는 항공권을 그대로 양도해 드릴 수 있다고 하는데요, 1만 8,000원을 돌려받느니 저와 이름이 같은 분께 양도해 드리고 싶습니다.(양도비는 제가 쓴 책 한 권 사서 읽어 주시면 그것으로 대신하겠습니다. 『나는 지방대 시간 강사다』, 『대리 사회』, 『아무튼 망원동』 등이 있습니다.) 여권의 영문 이름이 알파벳 하나라도 다르면 안 된다고 합니다. GIM MIN SEOP, KIM MIN SEOB, KIM MIN SUB 안 됩니다. 혹시 아직 여권이 없는 김민섭 씨는 여권을 하나 만드시면 될 것 같습니다. 자신의 여권 이름을 인증해 주시는 김민섭 씨에게 항공권 예약 내역을 보내 드리겠습니다. 꼭 갈 수 있는 분들만 페이스북으로 메시지를 보내 주세요.

2017. 11. 27.

이 글은 페이스북에서 조금씩 퍼져 나가기 시작했다. 처음에는 친구들이 '좋아요' 버튼을 누르는 정도였으나, 글을 공유하거나 자신의 친구 김민섭을 태그하는 사람들도 있었다. 자신이 꼭 가고 싶다는 사람도 있어서, 왠지 금방 후쿠오카에 다녀올 김민섭 씨를 찾을 수 있을 것 같았다.

다음 날 아침에 확인해 보니 두 개의 메시지가 와 있었다. 누구를 보내 주어야 할지를 고민하면서 살펴보니 두 사람 다 김민섭 씨가 아니었다. 모 신문사의 기자가 재미있는 이벤트처럼 보이는데 김민섭 씨가 나타나면 자신에게 먼저 연락 달라는 메시지를 보내왔고, 누군가는 제대로 알아보고 하는 일이냐 불법이면 어떻게 하려고 하느냐는 메시지를 보내왔다. 얄밉기도 하고 허탈하기도 했다. 그러고 보니 '불법'이라는 단어가 마음에 걸렸다. 누군가는 나의 글을 공유하면서 "항공법상 금지된 일을 해서 험한 꼴을 당할까 걱정되는데, 왜 저런 무지한 짓을 하는지 모르겠다."라고 적어 두기도 했다. 금지, 험한 꼴, 무지. 한 문장 안에 이렇게 사람의 마음을 헤집는 단어를 많이 넣기도 쉬운 일은 아니겠다. 덕분에 두려워진 나는 여행사에 다시 전화해서 왜 이름이 같은 대한민국 남성을 찾아야 하는지를 물었다. 그러자 상담원은 사실 편법 같은 것이라면서, 한 번 입력된 국적과 성별과 이름을 건드릴 수는 없지만 출국 3일 전까지 여권의 발급 번호를 변경할 수 있다고 했다. 여권을 분실하고 재등록하는 사람들이 있다는 것이었다. 아아, 그러니까 불법은 아니었다. 전화를 끊은 나는 아까의 작아진 마음은 간데없이 당당해졌다.

이제 김민섭 씨만 나타나면 된다. 그러나 이틀이 다 지나가도록 그는 나타나지 않았다. 재미있겠다면서 지켜보는 사람들만 늘었다. 그러던 중 '남궁'이라는 특이한 성에 '글 쓰는 의사'로도 유명한 모 작가가 다음과 같은 댓글을 달았다.

김민섭 작가님, 이 프로젝트의 성공은 확률적으로 불가능합니다. ① 대한민국에 사는 ② 성인 ③ 남성이 ④ 평일에 ⑤ 2박 3일 동안 ⑥ 그것도 혼자서 여행을 가야 하는데 ⑦ 그의 이름이 김민섭이어야 하고 ⑧ 여권에 있는 영어 이름까지 같아야 하고 ⑨ 그로 인해 그가 얻을 수 있는 경제적 이익은 10만 원에 불과합니다. 그런 사람은 전 세계에 존재하지 않습니다.

과연, 사람은 많이 배워야 하는 법이다. 그가 단 댓글을 보면서 김민섭 씨가 나타나지 않는 이유가 빠르게 납득이 갔다. 고등학생 시절에 통계 단원을 배울 때를 떠올려 보면 이것이 정말 말도 안 되는 확률인 것을 짐작할 수 있다. 물론 수학 공부를 특히 더 게을리 한 문과생 출신인 나는 그저 '말도 안 되는'이라는 모호한 표현을 더할 수 있을 뿐이지만 말이다. 그러고 보면 남궁 작가와 내가 서로 닮은 데라고는 나이와 성별밖에 없는 듯하다. 서울 마포에서 태어난 나와 서울 반포에서 태어난 그는 완전히 다른 삶을 살아왔다. 언젠가 삼천포에서 태어난 83년생을 찾아서 『삼포 키즈의 생애』라는 공저를 써 보자고도 했다. 그와 내가 친해진 데는 '어, 이런 사람도 있네….' 하는 호기심도 한몫하지 않았을까 싶다. 그런 그의 댓글을 보며 고개를 끄덕이다가 그가 남긴 추신을 보았다.

그럼에도 불구하고 기다리는 것이 인문학의 역할이겠지요. 저 같은 사람은 잘 모르겠지만.

그가 의도했든 하지 않았든, 덕분에 나는 '너 때문에라도 꼭 김민섭 씨를 찾고 말겠다.' 하는 마음으로 불타올랐다. 만약 김민섭 씨를 찾게 된다면 남궁 작가의 지분이 몇 퍼센트 정도는 있을 것이다. 쓰고 있던 모 신문의 칼럼 제목을 '김민섭 씨를 찾습니다'로 바꿨다. 소중한 지면을 이렇게 사적으로 활용하는 것은 민망한 일이지만 꼭 김민섭 씨를 찾고 싶었다.

—◯◯◯—

제가
김민섭입니다

◦ 김민섭 씨가 나타나지 않은 채 3일이 흘렀다. 출국까지 는 이제 일주일이 남아 있었고 나는 조금씩 초조해졌다. 하긴 이게 뭐라고. 해외여행을 가 보지 않은 나에게만 대 단하게 보이는 것이지, 후쿠오카 정도는 국내처럼 오가는 사람들도 많다고 했다. 1만 8,000원조차 환불받지 못하고 티켓을 버리게 될 것처럼 보였다. 아내도 치킨이나 같이 시켜 먹자고 하지 않았느냐며 나를 안쓰럽게 바라보았다.

그와 별개로, 많은 사람들이 흥미롭게 이 프로젝트를 지 켜보고 있었다. 페이스북의 글이 계속 확산되어 갔고 인 플루언서라고 불리는 사람들도 글을 공유하면서 '이 프로 젝트의 끝은 어떻게 될 것인가….' 하고 관심을 보였다. 나 의 친구가 아니더라도 친구의 친구에게, 친구의 친구의 친 구에게 이 글이 계속 노출되었다. 그중에는 분명히 김민섭 씨들도 있을 것이다. 누군가는 이 프로젝트가 '김민섭 찬스' 같은 것이라고 했다. 누구나 학창 시절에 김민섭이라는 친구 하나쯤은 있었을 텐데 이 일을 핑계로 연락해 보자는 것이었다.

그리고 결국, 다음과 같은 페이스북 메시지가 왔다.

안녕하세요, 페북 글 보고 연락드립니다. 제가 여권상 영문 이름이 KIM MIN SEOP인데 혹시 아직 신청자가 없는지요. 저는 휴학생이고 더 맞는 분이 있다면 그분이 먼저입니다. 혹시 가게 되면 작가님에게 도움이 되는 어떤 미션을 하고 싶네요!

그 불가능의 확률을 뚫고, 여행을 갈 김민섭 씨가 나타났다. 첨부한 여권 사진의 영문 이름도 나와 완전히 같았다. 그는 대학에서 디자인을 전공하는 93년생, 나와 정확히 열 살 차이가 나는 스물다섯 살의 청년이었다. 졸업 전시 비용을 모으기 위해 휴학을 하고 일을 하고 있다고 했다. 나는 졸업 전시 비용 정도는 대학이 지원해 주어야 하는 게 아닌가 싶으면서도, 여행 가기에 가장 적합한 김민섭 씨가 나타났다고 생각했다.

감격하고 있던 그때, 한 통의 페이스북 메시지가 더 왔다. 항공권은 한 장밖에 없는데. 그러나 다행히 김민섭 씨가 아니었고, 기자도 아니었고, 나의 마음을 헤집으려는 사람도 아니었다. 나는 그의 메시지를 읽고 한동안 멍하니 앉아 있었다.

안녕하세요, 김민섭 씨 찾기 프로젝트를 아주 잘 보고 있습니다. 여행을 떠날 김민섭 씨가 없는 것일 수도 있지만 혹시 비행기표 외에 다른 부분 때문에 흔쾌히 여행을 떠날 수 없을까 하는 걱정이 들어 메시지를 드립니다. 결례가 되지 않는다면 여행을 떠날 김민섭 씨의 숙박비를 제가 부담하고 싶은데요. 2일이니까 30만 원을 지원해 드리고 싶습니다. 비행기와 숙박이 해결되면 여행을 떠나기가 조금 더 수월하지 않을까 해서요. 업체나 그런 홍보 아니고요. 저는 고등학교에서 아이들을 가르치고 있는데 저희 학교 학생이라면 대부분 집이 어려워서 시간과 비행기표가 있어도 다른 부분의 여비 때문에 여행을 쉽게 가지 못할 수도 있겠다는 생각이 들어 초면에 실례를 무릅쓰고 메시지를 드려 봅니다. 아드님의 수술이 잘되기를 기도하겠습니다.

고등학교 교사인 그는 김민섭 씨의 숙박비를 자신이 부담하겠다고 했다. 자신이 가르치는 학생들은 대부분 집안 형편이 어려워 시간과 비행기표가 있어도 여행을 가지 못

할 것이라고, 여행을 가고 싶은 김민섭 씨도 그래서 주저하고 있을지 모르니 2박 3일의 숙박비 30만 원을 지원하겠다는 것이었다. 대단히 다정하고 정중한 메시지였다. 누군가에게 무엇을 줄 때 우리는 쉽게 오만해진다. 거기에 뒀으니까 가져가세요, 싫으면 마시고요, 하고 자신도 모르는 갑질을 하게 된다. 그러나 그는 그러지 않았다. 흔쾌히 여행을 떠날 수 없을까 걱정이 된다고, 결례가 되지 않는다면 숙박비를 부담하고 싶다고, 그러면 여행을 떠나기 조금 더 수월하지 않을까 한다고, 초면에 결례를 무릅쓰고 메시지를 드린다고, 아드님의 수술이 잘되기를 기도한다고 조심스럽게 말을 건네 왔다. 한 개인의 격이라는 것은 이처럼 받을 때가 아니라 줄 때 드러나는 법이다.

무엇보다도 내가 단순히 이름이 같은 사람을 상상하고 있을 때 그는 아직 나타나지도 않은 김민섭 씨에게서 자신이 사랑하는 사람들을, 그러니까 자신이 가르치고 있는 학생들의 모습을 보았다. 그는 그들의 연약함을 보았고, 그들의 연약함을 사랑했고, 그에 그치지 않고 그들과 닮았을 누군가를 다시 상상해 냈다. 그가 타인을 상상하는 자리와 방식뿐 아니라 이와 같은 삶의 태도까지 모든 것이 놀라웠다. 나는 언제쯤 거기에 다다를 수 있을까. 그에게 감사를 전하며 여행을 떠날 김민섭 씨가 방금 나타났다고 답신을 보냈고, 그는 그에게 숙박비를 지원하겠다고 다시 메시지를 보내 왔다.

나는 기쁜 마음으로 후쿠오카에 갈 김민섭 씨가 나타났다는 소식을 전했다.

#김민섭_씨_후쿠오카_보내기_프로젝트는 93년생 김민섭(KIM MIN SEOP)씨가 나타나면서 성공적으로 마무리되었습니다. 휴학 중인 디자인 전공생이라고 자신을 소개한 Minseop Kim 씨는 졸업 전시 자금을 모으느라 졸업 전까지 여행을 모두 포기하고 있었다고 하셔서, 더욱 기쁘네요.(혹시 수능을 본 김민섭 씨가 나타나면 그분께 우선 양도해 드리면 좋겠다고도 하셔서, 김민섭이라는 이름을 가진 사람들은 대체로 착한가, 하는 생각이… 죄송합니다.) 그에 더해 후쿠오카에 가는 김민섭 씨의 여행 경비를 부담하고 싶다는 분도 나타나셨어요. 김민섭 씨는 정말로 2박 3일 동안 즐겁게 후쿠오카에 다녀오시면 되겠습니다.

이 프로젝트에 공감과 좋아요와 공유 등 여러 방식으로 참여해 주신 모든 분들께 진심으로 감사드려요. 여권의 영문 이름까지 같은, 평일에 혼자 2박 3일 여행을 다녀올 수 있는 김민섭 씨를 찾을 수 있을 것이라고 크게 기대하지 않았는데 SNS, 페이스북이라는 플랫폼은 생각보다 재미있는 일들을 가능하게 만드는 힘이 있는 것 같습니다.

그리고 소소한 연대를 새롭게 감각하게 되어서 참 좋아요. 어느 분께서 "일부러 티켓 취소하는 거 아니냐."라고 농담 삼아 물어보실 만큼 김민섭 씨를 찾는 과정이 즐거웠습니다. 이 설렘을 계속 간직하려고 합니다. 감사합니다

2017. 11. 30.

많은 사람들이 이 소식을 기다리고 있었던 것 같다. 빠른 속도로 댓글이 달리기 시작했다.

이게 뭐라고 눈물이 나네요.

감동이다, 조롱과 말꼬리 잡기가 가득한 SNS에 회의를 느끼고 있었는데 시작과 끝이 모두 훈훈하다.

와… 성공한 걸 보니 김민섭 씨를 후쿠오카가 아니라 킹스턴이나 아디스아바바 정도에 보냈으면 또 더 재미있었겠다는 생각이 듭니다.

눈물이 날 것 같다거나 훈훈하다거나 하는 반응이 많았

다. 킹스턴이나 아디스아바바에 보냈으면 더 재미있었겠다는 댓글은 남궁 작가의 것이었다. 물어보기는 민망해 검색해 보니 킹스턴은 자메이카의 수도라고 하고 아디스아바바는 에티오피아의 수도라고 했다. 그가 아니었다면 나는 아마도 영원히 알 수 없었을 지명들이었다. 나중에 만나서 거기를 다녀와 보았느냐고 물었더니 그는 그렇다고 답했다. 아, 네, 그렇군요. 누군가는 이것을 '놀랍고 따뜻한 연대, 다정하고 정중한 연대'라고도 표현했다. 그 말이 맞았다. 93년생 김민섭 씨의 여행은 이제부터가 시작이었다. 그의 여행을 돕고 싶다는 개인들이 나타나기 시작한 것이다.

유효 기간이 올해 12월 31일까지인 후쿠오카 그린 패스(1일 버스 승차권)가 두 장 있어요! 어차피 저는 올해 안에 후쿠오카를 갈 일이 없을 것 같아서 보내 드리고 싶은데 주소를 페이스북 메시지로 주세요.

누군가가 유효 기간이 얼마 남지 않은 1일 버스 승차권을 두 장 보내 주겠다고 했다. 일본은 버스 요금이 비싸서 교통비가 많이 나온다고 하는데 저 승차권이 있으면 하루 종일 무료로 버스를 탈 수 있다는 것이다. 그 역시 정중하고 다정했다. 자신이 기간 내에 갈 일이 없다고 해도 후쿠오카로 여행을 가는 사람에게 팔거나 기념으로 가지고 있어도 되었다. 그러나 그는 굳이 "갈 일이 없을 것 같아서."라면서, 만나 본 일도 없는 타인에게 기꺼이 그것을 보내주었다.

자신을 와이파이 렌탈 업체의 대표라고 소개한 누군가는 "휴대용 포켓 와이파이를 대여해 드리고 싶습니다, 홍보로 비추어질 것 같아 상표를 지우고 무료로 대여해 드리겠습니다."라고 했고, 누군가는 "후쿠오카 타워에서 본 야경이 참 좋았습니다. 김민섭 씨도 볼 수 있으면 하는데, 제 주머니에 입장권이 한 장 남아 있네요. 보내 드리고 싶습니다."라고도 했다. 많은 사람들이 저마다의 방식으로 93년생 김민섭 씨의 여행을 돕고 싶어 했다. 그들이 왜 그랬는지 그때는 잘 알지 못했다.

페이스북 메시지가 갑자기 많이 도착했다. 「오마이뉴스」를 시작으로 이름을 알 만한 열 군데 가까운 매체에서 취재 요청이 왔다. 아니, 제가 책을 냈을 때도 이렇게는 안 하셨잖아요. 일단 줄을 서세요.

김민섭 씨의
졸업 전시 비용을
후원해 드릴게요

○ 출국을 5일 정도 앞두고, 카카오라는 회사에서 연락이 왔다. 창작자 플랫폼 기획 파트장이라는 긴 직함을 가지고 있는 사람이었다. 그는 나에게 카카오에서도 김민섭 씨 찾기 프로젝트를 잘 보았다고, 마치 동화 같은 이야기였다고 말했다. 그러고는 혹시 카카오에서 김민섭 씨의 여행을 후원해도 괜찮겠느냐고 물었다. 그야, 당연히 괜찮죠. 나는 대기업의 후원을 상상하며 설레기 시작했다. 나도 좀 같이 보내 주지 않을까, 하는 검은 마음도 함께였다. 그러나 그는 그보다 훨씬 멋진 제안을 해 왔다.

"김민섭 씨가 대학교 졸업 전시 비용 마련을 위해서 휴학하고 일을 하고 있다고 들었어요. 아마 대한민국의 많은 청년들이 그럴 겁니다. 이 청년이 여행을 잘 다녀오는 것도 중요하지만 그 이후에도 미래를 상상할 수 있어야 한다고 생각합니다. 그래서 졸업을 위한 비용까지 후원해 드리고 싶습니다. 괜찮으시다면 카카오가 크라우드 펀딩을 준비하겠습니다. 작가님께서 이 내용을 정리한 글 한 편을 보내 주세요."

　살다 보면 '이래도 되나' 싶은 일이 계속 이어지는 때가 있다. 항공권 한 장을 양도하기 위해 시작한 일이 한 청년의 대학 졸업 비용을 후원해 줄 수 있을 만큼 커졌다. 그에게 그렇게 하겠다고 하고 전화를 끊은 나는 꿈을 꾸고 있는 기분이 되었다. 대학에서 첫 논문이 통과되었을 때나 최우수 강사로 선정되었을 때와는 또 다른 기쁨을 느꼈다. 그건 어느 정도 상상할 수 있는 범위의 일이었고 이건 아니었다. 전화를 끊고 근처 카페에 들어가서 카카오에 보낼 글을 쓰면서도, 지금 일어나고 있는 일들을 잘 믿을 수가 없었다. 내가 앉은 의자는 발이 땅에 닿지 않는 조금 높은 것이었다. 나의 몸은 지면에서 조금은 붕 뜬 상태가 되었고, 나의 마음도 그랬다.

　12월 2일부터 4일까지, 카카오에서 3일짜리 크라우드 펀딩이 열렸다. 지금까지 '김민섭 씨 찾기 프로젝트'였다면 이제는 '93년생 김민섭 씨 후쿠오카 보내기 프로젝트'가 되어 널리 퍼져 나갔다. 93년생 김민섭 씨는 "저에게 후원을 하려는 사람이 있을까요? 괜히 시작해서 작가님과 카카오에 폐를 끼칠까 봐 걱정이 돼요." 하고 말했다. 나도 걱정이 되기는 마찬가지였다. 여행 다녀올 테니 여행비와 졸업 비용까지 주세요, 라는 이상한 펀딩이었던 것이다. 그러나 결과는 성공적이었다. 이 스물다섯 살 청년을 위해 278명이 254만 9,000원을 모아 주었다. 93년생 김민섭 씨도 그냥 받기만 한 것은 아니었다. 그는 대학에서 산업 디자인학을 전공하고 있었고 그만큼 그림을 잘 그렸다. 후원자들이 사진을 보내 주면 그들에게 그것을 스케치해서 보내 주기로 했다. 내가 "이렇게 (펀딩이) 잘될 줄 몰랐습니다." 하고 처음 제안한 카카오 담당자에게 말하자, 그는 "저는 잘될 줄 알았습니다. 저희는 데이터를 보고 움직이는 사람들이에요. 페이스북의 반응을 보면 당연한 결과죠." 하고 답했다.

12월 5일 아침, 나는 인천 공항으로 갔다. 출국하는 93년생 김민섭 씨를 만나기 위해서였다. 인천 공항으로 가는 길엔 내가 '김민섭 씨를 찾습니다'라는 제목의 칼럼을 보냈던 신문사의 기자가 함께했다. 두 김민섭이 만나는 모습을 취재하고 싶다고 했다. 나는 그들과 함께 조금 먼저 도착해서 93년생 김민섭 씨를 기다렸다. 어떤 표정으로 어떤 말을 하면서 맞이해야 할지 도무지 알 수가 없었다. 이런 것은 누구도 가르쳐 주지 않는다. 그래서 그가 나타났을 때 그냥 바보처럼 웃기만 했던 것 같다. 오히려 그가 나보다 더 의연하거나 의젓했다. 신문사에서 유튜브에 올린 영상에 그 모습이 담겨 있다. 참 민망하지만, 다시 그때로 돌아간다고 해도 나는 그냥 그를 보며 웃기만 할 것 같다. 우리는 인사를 나누고 인천 공항의 프랜차이즈 카페로 갔다.

당신이
잘되면 좋겠습니다

○ 카페에 마주 앉고서 어느 김민섭이 먼저였는지 "우리 좀 많이 닮은 것 같아요." 하고 말했다. 이름이 같다고 해서 생김새가 닮으리라는 법은 없지만 그래도 꽤 많이 닮아 있었다. 함께 셀카 사진을 찍고 페이스북에 "우리 공항에서 만났어요."라는 글을 올렸다. 거기에도 댓글이 많이 달렸다. "김민섭이라는 이름은 저렇게 생겨야만 가질 수 있는 건가요."라는 것이 있어서 93년생 김민섭 씨와 함께 크크 웃었다.

그는 말했던 대로 산업 디자인을 전공하는 대학생이었다. 졸업을 앞두고 있고, 지금은 휴학을 하고 회사에서 일하고 있다고 했다. 일이라는 건 대개 졸업을 하고 찾는 게 아닌가 싶었지만 나름의 이유가 있을 것이다. 그는 수제 맥주를 연구하는 회사에 다닌다고 했다. 그러면 일하는 중에도 맥주를 마실 수 있겠네요, 하고 내가 부러워하자 그는 그렇다고 하면서도 저는 맥주를 별로 안 좋아해서요, 하고 웃었다. 아아, 맥주를 별로 안 좋아하는 사람이 맥주 회사에서 일한다니, 슬픈 일이었다. 나는 그에게 일본에 가면 무엇이 가장 먹고 싶은지를 물었다. 그는 후쿠오카에서 모츠 나베라는 것을 먹어 보고 싶다고 했다. 이름만으로도 맛있게 들려서 그게 뭐냐고 묻자 곱창전골 같은 것이라고 했다. 아, 곱창을 한국 사람들만 먹는 게 아니구나. 그도 나에게 일본에 가면 무엇이 가장 먹고 싶었는지를 물었다. 나는 걷다가 발견한 작은 술집에 들어가서 초밥이나 튀김 같은 것과 함께 맥주를 한잔 마시고 싶었다고 답했다. 사실 세워 둔 계획이라고는 그것이 유일했다.

　이런저런 말을 주고받다가 김민섭 씨가 나에게 물었다. "그런데 잘 모르겠어요, 왜 사람들이 저를 이렇게 도와줬을까요. 저는 특별할 게 없는 사람이잖아요. 작가님은 저를 왜 도와주신 거예요?" 사실 그건 내가 그에게 묻고 싶은 것이었다. 그도 나에게 그것을 확인하고 싶었던 것이다. 그런 그에게 멋진 답을 해 주고 싶었다. 아마도 나에게 그런 책임이 있었을 것이다. 그러나 도무지 적합한 답이 떠오르지 않았다. 아, 뭐라고 해야 하지.

그때, 나도 불과 몇 년 전에 같은 질문을 한 기억이 떠올랐다. 그것도 한 번이 아니라 여러 번이었다. 『나는 지방대 시간 강사다』라는 책을 쓰고 대학에서 나왔을 때 사실 많이 외롭고 막막했다. 무엇을 어떻게 해야 할지 알 수가 없었다. 연구를 중단했고 내가 수집하고 정리한 자료는 비슷한 연구를 하는 연구자에게 모두 보내 주었다. 그때 나에게 손을 내밀어 준 분들이 있었다. 자신의 오피스텔을 작업실로 빌려준 사람이 있었고, 매주 밥을 사 주겠다며 찾아온 사람이 있었고, 다음 책의 계약을 도와준 사람이 있었고, 건강 보험료를 대신 내주겠다는 사람이 있었고, 자신의 회사에 취직하라는 사람이 있었고, 여행을 보내 줄 테니 가족들과 다녀오라는 사람이 있었고, 나이지리아 국채에 투자하면 많은 돈을 벌 수 있다는 사람이 있었고(어?…), 그렇게 많은 사람들이 나에게 찾아왔다.

종종 소갈비를 사 주시던 분께 "저어, 저는 돼지고기도 잘 먹습니다."라고 말씀드리자 그는 "어허, 당신은 소갈비를 먹어야만 하는 사람이에요." 하고 말했다. 소갈비를 먹어야만 하는 사람이 어떤 사람인지 나는 잘 모른다. 그러나 그에게는 내가 그런 사람이었던 것 같다. 『대리 사회』라는 책을 쓰고 그분들을 찾아가 인사를 드렸다. 덕분에 제가 두 번째 책을 내게 되었습니다, 정말 고맙습니다, 하고 말했다. 그러고는 그들에게 물은 것이다. "저어, 그런데 저를 왜 도와주신 겁니까?" 놀랍게도 그들의 답은 거의 비슷했다. 서로 아는 사이가 아니면서도 그랬다. 그래서 나도 93년생 김민섭 씨에게 그 말을 돌려주기로 했다. 그에게 말했다.

"그냥, 당신이 잘되면 좋겠다고 생각했어요."

그들의 말을 단순히 돌려주었다기보다 언젠가부터 나도 그런 마음이 되고 말았다. 이 평범한 청년이 여행을 잘 다녀오면 좋겠다고. 그러면 왠지 그가 앞으로 잘 살아갈 수 있을 것 같았고, 그뿐 아니라 그와 닮은 평범한 청년들이 모두 잘될 것 같았고, 무엇보다 나도, 우리도, 모두 잘될 것 같은 마음이 들었던 것이다. 93년생 김민섭 씨가 여행을 잘 다녀와서 잘 졸업하기를, 잘 취업하기를, 그리고 그가 잘되기를 많은 사람들이 바랐다. 그러면서 아마도 자신과 자신이 사랑하는 모든 사람들 잘되기를 모두 바랐을 것이다. 그러니까 '당신이 잘되면 좋겠다고 생각했어요.' 라는 말 뒤에는 '그러면 저도 우리도 다 잘될 거예요.'라는 말이 생략되어 있었다.

나는 나를 도왔던 사람들이 "당신이 잘되면 좋겠다고 생각했어요."라고 했을 때, 그 말의 의미를 잘 이해하지 못했다. 93년생 김민섭 씨도 그랬을 것이다. 그러나 그는 나에게 무슨 말인지 조금은 알 것 같다고 했다. 그는 친구들과 함께 준비하는 공모전이 있어서 여행 가기 전까지 자신의 몫을 하기 위해 밤을 샜다고 했다. 피곤한 몸으로 집에서 나왔고 인천 공항으로 오는 버스에 올랐다. 그러는 동안 수백 명의 사람들과 마주쳤다. 평소였다면 별다른 감정 없이 지나쳤겠지만 그는 그럴 수 없었다. 그때마다, 저 사람이 나를 도와주지 않았을까, 저 사람 덕분에 내가 여행을 갈 수 있는 게 아닐까 싶었다고 했다. 그래서 공항으로 오는 동안 '저 사람이 잘되면 좋겠다.'는 말을 수백 번 되뇌었고, 나에게 다시 듣게 된 것이다.

어느덧 출국장으로 가야 할 시간이 되었다. 우리는 카페에서 일어났다. 그는 잘 다녀오겠다고 했다. 안 그러면 안 될 것 같다고. 그러고는 다음과 같이 말했다. "작가님이 83년생이고 제가 93년생이잖아요. 여행 잘 다녀와서 언젠가 2003년에 태어난 김민섭 씨를 꼭 찾고 싶어요. 그리고 아무 조건 없이 여행을 보내 주고 싶어요. 그러기 위해 잘 살게요." 말을 마친 그는, 나를 한 번 꼭 안아 주고 출국장으로 나갔다. 처음부터 끝까지, 그가 나보다 어른스러웠다. 나는 그가 잘 다녀오기를, 그리고 잘되기를 진심으로 바랐다.

그의 뒷모습을 보면서, 나는 그에게 구원받은 기분이 되었다. 내가 대학에서 나와서 받은 여러 후의들이 나에게서 단절되지 않고 그에게 이어진 것 같아서, 그리고 그 역시 2003년에 태어난 김민섭 씨를 찾아 그 후의를 이어 나갈 것 같아서 기뻤다. 김민섭 씨 찾기 프로젝트에 참여한 여러 사람들도, 무엇보다도 이 이야기를 들은 당신도, 이 연결을 확장해 나가는 고리가 될 것이다. 어쩌면 그것이 우리가 말하는 선한 영향력이라는 것의 실체일 것이다. 우리가 도운 가장 연약했던 시절의 한 개인이 결국 우리의 연약한 세계를 구원해 낸다.

연결과 연대

○ 우리는 타인과 어떻게 연결될 수 있을까. 나는 그것이 어딘가 닮은 데가 있는 사람들과 가능하다고만 믿었다. 고향이 같은, 학교가 같은, 이런저런 결이 같은 사람들. 이번에도 단순히 이름이 같은 사람을 상상하고 시작한 일이었다. 그러나 공항에서 돌아오는 길에 나는 처음으로 다음과 같은 생각을 했다. 어쩌면 우리 모두가 이미 연결되어 있는 게 아닐까.

공항에서 만난 93년생 김민섭 씨의 모습은 많이 피곤해 보였다. 나는 그가 설레서 잠을 못 이루었겠다고 짐작했다. 나라면 그랬을 것 같다. 그러나 그는 새벽까지 취업을 위한 공모전을 준비했다고 했다. 친구들과 함께 준비하고 있어서 자신의 몫을 다해야 했다는 것이다. 그 순간 왜 수백 명의 사람들이 특별할 것 없는 그를 도왔는지 조금은 알 것도 같았다. 그는 가장 연약한 시절을 지나고 있었다. 졸업을 유예하고 일을 하고 있는 그의 모습은 대한민국의 가장 평범한 청년의 모습이기도 했다. 많은 청년들이 입시를 위해, 졸업을 위해, 취업을 위해 잠을 잘 이루지 못한다. 나도 그와 비슷한 나이에 석사 과정생이 되었고 학위 논문을 쓸 때는 연구실에서 책상을 이어 붙이고 그 위에서 잠을 자곤 했다. 그러면서도 그 일에서 의미를 찾기 힘들어 몸이 먼지처럼 보잘것없이 작아졌다. 내가 그랬듯, 93년생 김민섭 씨를 보면서 우리는 저마다의 연약했던 시절을 떠올렸는지도 모르겠다. 나아가 연약한 시절을 보내고 있는 사랑하는 사람들을 떠올렸을 것이다.

나는 이것을 동정의 감각이라고 조심스럽게 규정하고 싶다. 사람들이 이 청년을 불쌍히 여겼다는 뜻이 아니다. 동정은 타인에게 자신의 정을 움직이는 일이고, 그를 통해 그와 정을 같게 하는 일이다. 그 단어도 애초에 '같을 동'과 '마음 정', 서로가 같은 마음이 된다는 뜻을 가지고 있다. 타인의 처지에서 사유하고 그를 이해하면서 우리는 서로의 닮음을 발견해 낼 수 있다.

예를 들면, 우리는 지구 반대편의 아이가 빈곤에 시달리는 모습을 종종 본다. 대개는 구호 단체에서 제작한 영상을 통해서다. 그게 좋은 방식의 후원 독려인지는 잘 모르겠으나 많은 사람들이 안타깝게 여기며 후원에 나선다. 나도 한 아동을 몇 년 동안 정기 후원했고 TV를 보다가 나도 모르게 ARS 전화를 걸어 1,000원이나 2,000원을 후원하기도 했다. 이 역시 정의 움직임이다. 자선을 베푸는 일은 한 존재에게서 자신과의 닮음을 발견하는 데서 나온다. '저 아이가 불쌍해.'라는 마음 역시 '내가 저기에서 태어났다면 어떨까, 나의 아이가 저기에 있다면 어떨까.' 하는 마음을 갖는 데서부터 나온다.

그러한 동정의 감각이 결국 우리를 연결해 낸다. 이것은 '연대'와는 다르다. 내가 대학에 들어갔던 2002년에 가장 많이 들었던 단어 중 하나는 아마도 연대였다. 대학생들도 연대라는 단어를 유행처럼 사용하면서 개인이 파편화되어서는 안 된다고 했다. 마치 마법의 단어 같았다. 수업이 있거나 과제가 있어도 "너는 연대하지 않을 거야?"라는 말을 듣고 나면 거기에 동원되어야 했다. 나도 학생회 선배의 말에 수업 시간에 몰래 빠져나와 집회 장소로 갔던 일이 있다. 깃발 아래 모여서, 비슷한 옷을 입고, 어깨동무를 하고, 같은 구호를 외치면서 나는 그들과 연대하고 있다고 믿었고 그 바깥의 사람들과는 반대편에 서 있다고 믿었다. 나와 닮은 동정의 대상은 그 자리에 있는 사람들뿐이었다. 결국 내가 대학에서 나오던 2015년에는 거짓말처럼 그 단어가 사라지고 말았다. 아무도 연대의 가치를 말하지 않았고 마치 버려야 할 구시대의 유물처럼 취급했다.

93년생 김민섭 씨를 도운 여러 개인들을 보면서 나는 연대가 아닌 느슨한 연결의 방식을 떠올렸다. 이전의 연대가 눈에 보이는 굵은 밧줄로 각각을 단단히 묶는 것이었다면 새로운 시대의 연결은 눈에 잘 보이지 않는 끈으로 느슨히 이어져 있는 서로를 발견하는 일이 아닐까. 평소에는 잘 모르더라도 누군가가 그 끈을 잡아당기면서 "저 여기에 있어요." 하고 말하면 우리는 그가 그 자리에 있었음을, 그리고 서로가 연결되어 있었음을 알게 된다. 그리고 그에게 말하는 것이다. 당신이 잘되면 좋겠다고. 그러면 나도 잘될 수 있을 것이고, 우리 모두 잘될 수 있을 것이라고. '당신이 잘되면 좋겠다.'라는 이 평범한 감각이 어쩌면 우리 사회를 지탱시켜 왔는지도 모른다. 그렇게 단단한 개인으로 살아가며 동시에 자신의 연약했던 시절을 기억하는 우리 모두가 타인을 구원해 낼 수 있다. 그리고 다시 우리 스스로를 더욱 단단하게 만들어 낼 수 있을 것이다. 연결이란 결국 나와 닮은 사람의 범위를 확장시키는 일이다. 연대는 그 이후의 과정이 되어야 한다. 타인을 향해 분노의 감정을 쏟아 내는 것이 아니라 우리를 감싼 그 너머의 구조를 응시하며 함께 즐겁게 분노하는 일. 그것으로 우리는 우리 사회를 조금씩 변화시켜 나갈 수 있을 것이다.

공항에서 나온 나는 집으로 갔다. 병원으로 갈 이유가 없었다. 사실 아이의 수술은 93년생 김민섭 씨가 나타나던 즈음에 몇 달 뒤로 연기되었다. 병원 측에서 몇 딜쯤 치료를 해 보자고 제안해 온 것이다. 나는 그러한 사실을 밝히고 여행을 다녀올 수도 있었다. 그러나 차마 "제가 다녀오겠습니다."라고 말할 수는 없었다. 사정이야 어찌 되었든 누구도 믿어 주지 않을 것이고, 그러기에는 이미 너무 먼 길을 왔다. 만약 그렇게 했다면 나의 삶은 지금과는 많이 달라졌을 것이고 이 책도 나오지 않았을 것이다.

이번 여행은 아내를 위해서라도 잘 다녀와야 했다. 여행을 좋아하는 그를 조금은 이해하고 싶었기 때문이다. 아내는 나에게 괜찮다고, 여행이야 언제든 가면 되는 것이고 여행보다 더 재미있는 일을 만드는 걸 옆에서 봤으니까 충분하다고 말했다. 하긴 출국장으로 나가는 93년생 김민섭 씨의 뒷모습을 본 것만으로도, 그에게 "잘 다녀올게요. 그리고 잘 살게요." 하는 말을 들은 것만으로도 나는 이미 특별한 여행을 다녀왔다. 항공권 한 장으로 이만큼 여러 사람들과 잘 놀았으면 된 것이다.

김민섭 프로젝트
그 후

○93년생 김민섭 씨는 후쿠오카 여행을 잘 다녀왔다. 원래는 2박 3일의 일정이었지만 그는 기간을 연장해서 며칠을 더 머물렀다. 언론에서 그의 소식을 접한 오랜 친구 두 명이 후쿠오카까지 찾아왔다고 했다. 얼마나 반가웠을까? 모츠나베를 먹는 사진이나 부엉이와 함께 찍은 사진을 페이스북에 올리기도 했다. 그가 즐거워 보여서, 나를 비롯해 그의 여행을 응원하던 여러 사람들 역시 함께 즐거워졌다.

후쿠오카에서 돌아온 그에게 이런저런 제안들이 왔다. 이번 일을 연재해 보라는 언론사가 있었고 두 김민섭이 함께 책을 내면 좋겠다는 출판사도 몇 군데가 있었다. 왠지나라면 이것을 활용해 조금은 유명해지고 싶다거나 취업에 도움을 받고 싶다거나 하는 욕망이 있었을 것 같다. 그러한 유혹을 뿌리치기란 어려운 법이다. 그러나 그는 모든 제안들을 완곡히 거절했다. 굳이 이유를 묻지는 않았다. 그는 첫 만남부터 지금까지 언제나 나보다 어른스럽고 단단한 사람이었으니까.

기억에 남은 만남이 하나 있다. 72년생 김민섭 씨에게서 연락이 왔다. 그는 "저의 이름을 이렇게 좋은 이미지로 널리 알려 주셔서 감사합니다. 두 김민섭 님께 저녁 식사를 대접하고 싶어요." 하는 내용의 메일을 보내왔다. 자신이 만든 파스타를 들고 웃으면서 찍은 사진도 함께였다. 93년생 김민섭 씨는 그를 한번 만나 보고 싶다고 말했고 나도 같은 마음이었다. 사진 속의 72년생 김민섭 씨는 정말로 선하게 웃고 있었다.

세 김민섭이 모여 식사를 했다. "남들이 똑같은 사람 셋이 모였다고 하겠는데요."라고 할 만큼 셋은 어딘가 닮은 데가 있었다. 김민섭이란 이름을 가진 사람들이 대개 이렇게 생겼을 것인가, 하는 댓글이 다시 떠오를 만큼 그랬다. 72년생 김민섭 씨의 명함을 받은 93년생 김민섭 씨는 "여긴 저의 꿈의 직장이에요." 하고 말했다. 나도 알고 모두가 알 만한 외국계 기업이었다. 그러자 그는 자신의 회사에 우리 둘을 초대하고 싶다고 했다. 한 달에 두 명씩 외부인을 초대해 회사를 견학하고 회사 식당에서 함께 식사를 할 수 있다는 것이었다. 나는 타인의 회사에 가는 게 어떤 의미가 있을지 알 수 없었으나 93년생 김민섭 씨에게는 선물일 것이어서 흔쾌히 응했다.

강남에서도 지하철역과 가장 가깝고 높은 빌딩의 20여 층에 그의 회사가 있었다. 검은색 정장을 잘 갖추어 입은 여러 사람과 함께 엘리베이터에 올랐다. 빨갛고 파란 외투를 입은 것은 두 김민섭뿐이어서 뭔가 죄를 지은 기분이 들었다. 그러나 차림새에 대한 민망함은 곧 우리를 마중 나온 72년생 김민섭 씨를 보면서 사라졌다. 그는 편안한 후드 티 차림이었다. 그에게 보안 카드를 받아 회사로 들어갔다. 그는 자신의 이름과 같은 보안 카드 두 장을 만드는 일이 재미있었다고 했다. 회사의 식당은 내가 상상한 구내식당과는 많이 달랐다. 식판에 배식을 받고 국그릇을 하나 들고 가면 되겠지 했는데, 자신이 먹고 싶은 것을 고르면 되는 뷔페 방식이었다. 프랜차이즈 뷔페들보다도 오히려 음식이 나았다. 먹고 싶은 것을 찾아 돌아다니다가 나는 상상하기 어려운 어느 지점에 다다랐다. 거기엔 채식주의자를 위한 메뉴가 따로 있었다. 단순히 고기가 아닌 것을 모아 둔 게 아니라 누구라도 먹어 보고 싶을 만한 맛있는 요리들이 있었다. 72년생 김민섭 씨는 후식으로 먹을 수 있는 아이스크림에도 채식주의자를 위한 것이 따로 있다고, 이것은 몹시 당연한 일이라는 듯 말했다.

　식사를 하는 동안 여러 이야기를 나눴다. 내가 직원들의 옷차림이 무척 편안해 보인다고 하자 72년생 김민섭 씨는 모두가 그렇게 다닌다고 했다. 여름이 오면 모두 슬리퍼에 반바지 차림인데 그 모습을 봤어야 한다면서 웃었다. 같은 건물의 한국 회사로부터 항의가 들어온 일도 있다고 했다. 분위기를 흐리니까 정장은 아니더라도 옷을 좀 갖춰 입어 달라고. 그러나 별로 신경 쓰지 않고 있다고 했다. 이 건물에는 금융 기업들이 많이 입주해 있는 것 같았다. 엘리베이터 안에서도 그들은 넥타이를 정갈하게 조여 매고 몸가짐에 신경 쓰는 모습이었다. 72년생 김민섭 씨는 자신이 왜 한국 기업에서 외국계 기업으로 이직했는지에 대해서도 말해 주었다. 그에 따르면 한국에서는 나이가 마흔이 넘어가면 '관리직·사무직'이 될 준비를 해야 한다. 그러지 않고 '개발직·생산직'에 남아 있으면 능력이 없는 사람으로 낙인이 찍히게 된다. 그러나 외국계 기업의 경우는 그처럼 정해진 답을 강요받는 것이 아니라 관리직과 개발직을 선택할 수 있다. 그는 미국에서 예순 살이 다 된 개발자가 자신의 일에 자부심을 가지고 살아가는 것을 본 순간, 이직을 결심했다고 했다. 더 공부하기 위해 미국 본사로 가고 싶다고도 했다. 몇 사람의 취향을 위한 채식에서부터 자유분방한 옷차림, 그리고 삶과 노동의 선택에 이르기까지, 이것은 비용의 차이가 아니라 아마도 문화의 차이일 것이다. 타인의 결을 인정하고 구조적으로 수용할 만한 그 여유가 부러웠다.

그리고 1년이 지났다. 나는 그동안 한 권의 책을 더 썼고, 김동식이라는 작가의 소설집을 기획했고, 정미소라는 1인 출판사를 만들었다. 아이도 수술을 잘 받았다. 바쁜 나날들이었다. 두 김민섭에게서 반가운 연락이 왔다. 우선 72년생 김민섭 씨는 미국 본사로 발령이 나서 샌프란시스코에 있다고 했다. 미국에 함께 놀러 오라고 했는데 그게 언제가 될지는 잘 모르겠다. 93년생 김민섭 씨는 대학을 잘 졸업했다는 소식을 전해 왔다. 졸업식 사진 속의 그가 유독 멋진 옷을 입고 있는 것 같아서 이유를 묻자, 그는 최우수 졸업생이 되어 총장에게 상을 받았다고 했다. 한 사람이 잘되기를 바라는 마음은 이처럼 그를 잘되게 만들고야 마는 모양이다. 그것을 증명하며 살아 내고 있는 그가 실로 고마웠다. 그는 "제가 잘되기를 바란 사람이 너무 많았으니까요. 그 덕분이에요." 하고 말했다. 그는 나에게 선물을 하나 해 주고 싶다고 했다. 1인 출판사를 만든 것으로 아는데 혹시 로고가 없다면 자신이 디자인해 주겠다고 제안해 왔다. 지금 정미소 출판사의 로고는 김민섭 씨의 작품이다. 우리가 아는 흰 쌀이 정미소에서 도정을 거치듯, 개인도 자신을 고백하며 더 큰 세계로 나올 것이라고, 그러한 개인의 도정을 응원하는 출판사가 되고 싶다는 말을 들은 그는 멋지고 귀여운 로고를 만들어 주었다.

졸업생이 된 93년생 김민섭 씨는 여러 기업에 자기소개서를 넣고 면접을 보았다. 얼마 지나지 않아 모 기업의 인턴이 되었다는 기쁜 소식을 전해 왔다. 꼭 가고 싶었던 곳이라고 했다. 그러면서 정규직으로 전환되고 나면 함께 여행을 다녀오고 싶다고 했다. 고맙고 설레는 말이었다. 나는 그렇게 하자고 답하고 그의 연락을 기다렸다. 얼마 뒤 그는 "저어, 정규직 전환이 잘 안 되었어요." 하고 연락해 왔다. 나는 그가 아직 연약의 시기를 지나고 있음을 알았다. 내가 위로할 말을 찾는 동안 그는 더 공부하고 다시 시작하면 된다고 웃어 보였다. 나는 여전히 그가 잘되기를 바란다. 그의 잘됨은 나에게, 우리 사회가 잘되고 있다는 희망의 증거가 될 것만 같다.

그는 결국 2020년 봄에 자신과 잘 맞는 좋은 회사에서 일을 시작하게 되었다고 다시 연락해 왔다. 코로나로 인해 함께하는 여행은 미뤘지만, 우리는 언제든 연결된 그

느슨한 끈을 잡고 서로를 응원하다가 다시 만날 것이다. 나는 여전히 93년생 김민섭 씨가 잘되기를 바란다. 그리고 김민섭 씨 찾기 프로젝트에 참여한 모두가 잘되기를, 무엇보다도 이 글을 읽은, 나와 닮았을 당신 역시 잘되기를 바란다. 내가 할 수 있는 가장 다정한 음성으로 소리 내어 말해 본다.

"당신이 잘되면 좋겠습니다."

3

나와 닮은 사람 지키기,
당신을 고소합니다

AIRLINE TICKET

FLIGHT:
A 0198

GATE:
A12

SEAT:
29B

Passenger Name:
Minseop Kim

BOARDING PASS

Airports Company

교통사고

○그 40대 남성은 멀리서부터 으아아악, 하고 괴성을 지르며 나에게 달려왔다. 차에서 막 내린 나는 그가 야, 이 새끼야, 이거 어떻게 할 거야, 하고 나에게 삿대질하는 모습을 멍하니 바라보았다.

2019년의 어느 겨울날 점심이었다. 나는 서울의 독서 모임에 초청을 받았다가 원주의 집으로 돌아가는 길이었다. 홍대 입구 인근의 좁은 골목을 운전해서 나가고 있었다. 좁은 일방통행 도로였고 걷는 사람들도 많았다. 그때 왼편에 주차되어 있던 승용차의 뒷문이 갑자기 열렸다. 급히 브레이크를 밟았지만 곧 부딪히고 말았다. 차 안에서도 문이 구겨지는 '우지직' 소리가 선명하게 그 질감과 함께 전달되었다. 나는 이러한 사고가 처음이었고 그래서 어떻게 대처해야 할지 알 수 없었다. 뒤에서 받았으니까 나의 과실인 건가, 다친 사람이 있으면 어쩌지, 보험 회사에 전화하면 되나. 앉은 채로 눈을 감았다가 한숨을 한 번 쉬고 우선 운전석에서 내렸다.

상대 차의 뒷문은 절반쯤 열린 상태로 구겨져 있었다. 심한 것은 아니었지만 이제 문이 닫히지 않을 것이 분명했다. 내 차의 앞 범퍼도 깨져 있었지만 그런 것이야 아무래도 괜찮았다. 차 안에 사람들이 있는 것 같아서 괜찮으세요, 하고 묻는 그때, 그가 나에게 달려온 것이다. 무언가를 옮기고 다시 차로 돌아오던 길인 것 같았다. 뒷좌석에서는 그의 딸로 보이는 중학생이 내렸고 조수석에서는 아내로 보이는 40대 여성이 내렸다. 다행히 둘 다 다친 데는 없어 보였다. 그는 거의 우는 표정이 되어 자신의 차와 자신의 가족과 나의 얼굴을 번갈아 바라보았다. 그러다가 나에게 "빨리 차 빼, 이 새끼야!" 하고 목소리를 높이기 시작했다. 나는 알겠다고 말하면서 핸드폰으로 몇 장의 사진을 찍었다. 왠지 현장의 모습을 남겨 두어야 할 것 같았다. 그때 왜 녹음 버튼을 누르지 않았는지는 지금도 후회가 된다. 나는 그의 욕을 뒤로하고 다시 차에 올랐고 빈 공간으로 차를 뺐다. 그러는 동안 나의 뒤를 따라오던 택시 한 대가 어쩔 수 없이 멈추었다.

그 남성은 운전석에서 내린 나에게 "대체 운전을 어떻게 하는 거야! 이거 어떻게 할 거야, 이 새끼야!" 하고 다시 분노를 토해 냈다. 양손을 옆구리에 올리고 가슴을 한껏 내민 채였다. 그의 아내도 "이런 골목에서 그렇게 과속을 하면 어떡해요." 하고 거들었다. 나는 나를 향한 그들의 분노와 무례를 잘 이해할 수 없었다. 다친 사람도 없고 누구의 과실인지 명확하지도 않고 특히 그는 사고 현장에 있지도 않았다. 보험 회사에서 오기 전까지 누가 더 큰 목소리로 상대방을 위협했는가 하는 것으로 과실의 비율을 정하는 것도 아니었다. 나는 그에게 "제대로 보지 못한 저에게도 잘못이 있고 갑자기 차의 문을 연 선생님께도 잘못이 있습니다. 과실은 보험 회사에서 따질 테니까 같이 기다려 보시죠." 하고 말했다. 그는 나를 아래위로 훑어보고는 자신의 딸에게 "야, 너는 내가 좀 보고 문을 열라고 했잖아!" 하고 나에게 했던 것과 같은 방식으로 소리를 질렀다.

사실 그는 오자마자 딸의 상태부터 살폈어야 하고, 이런 일을 겪은 아이를 우선 안아 주었어야 한다. 사랑하는 사람의 사고 앞에서는 누구나 그래야 한다. 그러나 그에게는 차의 상태가 더욱 중요했던 것 같다. 그의 딸은 그런 그에게 "아 OO, 저 사람이 잘못한 거 가지고 왜 나한테 지랄인데!" 하고 악을 썼고, 그는 그런 딸에게 다시 소리를 질렀다. 그의 아내 역시 익숙한 일이라는 듯 별로 누구를 제지하지도 않았다. 이것이 한 가족의 일상이라면 너무나 슬픈 것이다. 아이는 부모를 닮는다. 닮게 태어나기 때문인지 살아가며 닮게 되는지는 잘 모른다. 그래서 부모는 아이의 눈치를 보고 그 앞에서는 착한 사람이 되기 위한 노력이라도 해야 한다.

좁은 길 한가운데에서 일어난 소란에 조금씩 사람들이 모여들었다. 그때 그 거리의 최고 연장자가 분명한 택시 기사가 나섰다. 그는 이 사고 현장을 처음부터 끝까지 지켜보았을 유일한 사람이었다. 그는 아수라장 속으로 고고히 한 발을 내딛고는 상대방 차주에게 "욕 그만하세요, 아저씨가 잘못한 거예요." 하고 말했다. 택시 기사는 운전을 업으로 삼은 사람이다. 도로 위에서 그들만 한 전문가는 없다는 말이기도 하다. 나의 아버지는 택시나 버스를 보면 무조건 양보하라고 했다. 운전을 업으로 삼은 사람들과 경쟁하면 안 된다고, 사람의 밥벌이라는 것은 함부로 건드려서는 안 된다고 했다. 그때는 잘 이해하지 못했지만 내가 사회인이 되고 보니 아버지의 말이 맞았다. 나보다 더 간절한 사람을 배려해야 하고 나보다 더 많이 아는 사람을 존중해야 했다. 그래야 나도 내가 밥 먹고 사는 자리에서 배려와 존중을 받을 수 있는 것이었다.

나는 보험 회사 직원이 올 때까지 이 상황을 감내하려 하고 있었기에 택시 기사의 참전이 당황스러웠지만, 동시에 그의 한마디가 구원의 목소리처럼 들려왔다. 나의 과실이 생각보다 적을 수도 있는 것이다. 그러나 다른 편에게는 그 반대였을 것이다. "야, 니가 뭘 안다고 지랄이야, 이 새끼야." 하는 말이 조금 더 높은 음으로 들려왔다. 그에 더해 멱살을 잡으려는 움직임까지 함께였다. 나는 택시 기사가 어떻게 대응할 것인가 궁금해졌다. 어떤 종류의 욕을 할 것인지, 멱살을 잡는다면 어떻게 잡을 것인지, 그것도 아니면 경찰에 신고할 것인지, 이러한 싸움에 익숙할 전문가로서의 모습이 보고 싶어졌다. 그러나 그는 내가 상상하지 못한 방식을 선택했다. 놀랍게도 그는 즉시 시선을 돌리고 작은 목소리로 "욕은 하지 마세요." 하고 말하고는 빠르게 자신의 택시로 돌아갔다. 나는 그에게 묻고 싶은 게 많았다. 급히 따라가서 명함을 줄 수 있는지 묻자 그는 "회사로 연락하세요." 하는 말을 남기고 "당장 꺼져, 이 새끼야, 니가 뭘 안다고 나대, 나대기는!" 하는 말을 들으면서, 정말로 처음부터 여기에 없었던 것처럼 사라지고 말았다. 나는 멀어지는 택시의 뒷모습을 사진으로 남겨 두었다. 나중에 연락할 일이 있을지도 몰랐다.

내가 만약 그와 동류의 택시 기사였다면 그는 나를 위

해 함께 싸워 주었을 것이다. 그러나 그의 분쟁에 내가 끼어들 이유가 없는 것처럼, 그도 나를 위해 굳이 그렇게까지 하지 않고 자신의 업을 위해 다시 도로로 나아갔다. 그건 정말이지 깔끔한 전문가로서의 자세라고밖에는 달리할 말이 없는 것이었다. 나는 멀어져 가는 택시의 뒷모습이 별로 야속하지는 않아 담담하게 바라보았다. 결국 사람은 서로의 처지가 될 수 있는 동류와 연결된다.

서울 역세권 도로에서 벌어진 교통사고인데도 보험 회사 직원이 도착하는 데는 30분이 넘게 걸렸다. 그러는 동안 나는 상대방 차주의 감정을 혼자서 받아 내야 했다. 그는 나에게 욕을 하다가, 과속을 했다며 삿대질을 하고, 여기저기 전화해서 화를 내다가, 나에게 다가와 갑자기 '사장님'이라고 호칭하고, 무언가 하소연하기도 했다. 그의 감정이 잦아들기 시작한 것은 여기저기에 전화를 하면서부터였다. 나는 보험업에 종사하는 친구도 없고 굳이 아는 사람들에게 걱정이나 수고로움을 끼치고 싶지 않아서 괜히 카카오톡 친구 목록을 몇 번 오르내리다가 그만두었다. 그러나 그가 나에게 "아니 사장님, 아무리 그래도 이 골목에 사람이 얼마나 많은데 이렇게 과속을 하면서 옵니까." 하고 나를 달래려는 듯 말했을 때부터 조금은 마음이 놓이기 시작했다. 운행 중 갑자기 열린 문에 대처하기란 힘든 일이다. 아마 나의 과실이 적을지도 모른다. 과실 여부를 굳이 따지지 않더라도 다친 사람이 없으니 보험 회사를 통해 수리비를 물어 주면 그만인 것이다.

옷깃만 스쳐도 전생에 3,000번의 인연이 있었다고 하는데 우리는 서로의 자동차가 부딪혔으니까 그보다는 조금 더 연이 있었을지도 모른다. 그가 자신의 감정을 쏟아 놓는 대신 "보험 회사가 늦네요, 같이 담배라도 한 대 피우시겠습니까, 아 안 피우시는군요, 저는 이런 일을 하는 사람입니다, 네네, 거참 많이 놀라셨죠." 하고 자기소개나 했다면 훨씬 좋았을 것이다. 이건 충분히 웃으면서 감당할 수 있고 그래야 하는 일이다. 고작 이런 것으로 분노하고 타인에게 자신의 감정을 고스란히 전해서는 안 된다. 우리는 그러한 사람을 두고 무례하다고 말한다.

다행히 나의 보험 회사 직원이 오토바이를 타고 먼저 나타났다. 40대 남성인 그는 무척이나 믿음직한 모습을 하고 있었다. 아, 이 사람이라면 모두에게 이 상황을 논리적으로 설명하고 납득시킬 수 있겠구나 싶었다. 그는 꼼꼼히 각각의 차를 살피고, 주변의 CCTV 위치를 파악하고, 나와 상대방 차주를 바라보고는 "저 사장님, 잠시 저와 이야기를 하시지요." 하고 그와 적당한 거리를 둔 곳으로 나를 데리고 갔다. 그리고 다음과 같이 말했다.

"우선 이건 너무나 명확한 사고입니다. 개문 사고의 과실은 8대2, 혹은 9대1 정도로 상대방에게 있습니다. CCTV는 네 방향으로 돌아가고 있어서 이 장면이 찍혔을 가능성은 25퍼센트이지만 보지 않아도 괜찮습니다. 7대3 밑으로는 과실 비율이 나오지 않을 거예요. 걱정하지 마세요."

30분 가까이 들어 온 모욕이 모두 씻겨 내려가는 기분이 들었다. 그렇게 말한 보험 회사 직원은 상대방 차주에게, 그러니까 가해자에게 가서 이런 경우 과실 비율이 어떻게 되는지를 설명했다. 가해자가 다시 자신의 감정을 고조시키면서 "아, 이 사람이 과속을 했다고요!" 하고 외쳤지만, 그는 "과속이라는 건 추상적인 표현입니다. 시속 30킬로미터만 넘었어도 사장님의 차 문은 떨어져 나갔어야 합니다. 그런데 그냥 조금 찌그러지기만 했죠. 사장님의 보험 회사에서 나오면 다시 이야기하겠습니다." 하고 말했다. 나는 그가 슈퍼맨처럼 보일 지경이었다. 가해자는 아무 말도 하지 못했다. 사실 '과속'이라는 단어에 화가 난 내가 반응하려고 하자 보험 회사 직원이 무척 세련되고도 정제된 최소한의 몸짓으로 나를 제지하고는 "그건 추상적…." 하며 그 누구라도 설득시킬 만한 정갈한 언어로 대처해 준 것이었다. 아, 이것이 보험의 세계이고, 사람과 사람 사이의 분쟁을 조정하는 최전선에서 연마된 내공이구나, 하고 감탄할 수밖에 없었다. 그는 그만큼 사람의 마음을 진정시키는 차분한 표정과 목소리를 가지고 있었다. 곧 가해자의 보험 회사 직원도 오토바이를 타고 나타났다. 상대적으로 못 미더워 보이는 그는 차를 살펴보고는 가해자와 차 안으로 들어가서 서로 이야기를 나누었다.

나의 보험 회사 직원이 나에게 이제 어떻게 할 것인지를 물어서, 나는 그에게 "제가 30분 넘게 저 사람에게 욕을 들었어요. 최대한 돌려주고 싶으면 어떻게 해야 할까요?"하고 되물었다. 그러자 그는 사뭇 진지한 표정으로 "렌트죠." 하고 단호하게 답했다. 나의 차가 오래된 것이기 때문에 부품을 구하는 데는 시간이 걸릴 수밖에 없고 그만큼 상대방이 부담할 렌트비가 올라간다는 것이었다. 나는 10년 동안 세 번의 작은 교통사고를 겪었다. 두 번은 상대방의 과실이었고 한 번은 나의 과실이었다. 보험 회사에서는 차가 수리되는 동안 렌트하기를 권했지만 나는 하루 2만 원 내외의 교통비를 대신 받았다. 상대방에 대한 배려였다기보다는 그때의 나에게 2만 원이 정말로 큰돈이었기 때문이다. 나는 차가 하루라도 더 늦게 공업사에서 나오기를 바랐다. 가능하다면 한 달쯤. 그러나 이번에는 그러고 싶지 않았다. 그 돈을 포기하더라도 상대방에게 무례함의 비용을 물리고 싶었다.

　나는 렌트를 하겠다고 말했다. 그는 차를 보내 주겠다면서, 어디 가까운 데서 커피라도 한잔 하고 있으면 모든 게 해결될 것이라고 했다. 나는 그의 말이라면 당장 차를 폐차해야 된다고 해도 믿었을 것이다. 나는 그에게 부탁드립니다, 하고 말하고는 그 자리에서 나왔다. 가해자는 그때까지도 자신의 보험 회사 직원과 차 안에 있었다. 인사를 할 만한 분위기는 아니었고 그러고 싶지도 않았다. 나는 다시 돌아가 나의 보험 회사 직원에게 말했다. "저어, 가능하다면 저 사람에게 말을 전해 주세요. 저에게 그렇게 욕을 하지 않았다면 렌트를 할 생각은 없었다고요. 이건 저에게 욕을 한 데 대한 비용이라고요." 그는 나에게 알겠습니다, 하고 답했다. 그가 가해자에게 그 말을 전했는지는 알 수 없다. 그러나 조금은 마음이 풀린 나는 근처의 카페를 찾아 들어갔다.

참전하고 싶지 않은
어른의 싸움

○ 카페에서 커피를 마시면서 버릇처럼 높은 스탠딩 의자에 앉은 것을 후회했다. 다리에 힘이 들어가지 않았다. 발을 지면에 제대로 붙이고 있지 못한 탓도 있지만 긴장이 풀리자마자 허벅지부터 종아리까지 덜덜 떨려 왔다. 사실 무서웠던 것이다. 교통사고가 난 순간부터 나는 계속 울고 싶은 심정이었다. 누군가는 나에게 의연하고 담담하게 잘 대처했다고 할지 모르겠지만 나는 그저 그런 척했을 뿐이다. 어쩌면 자신의 보험 담당자와 헤어진 그가 나를 찾아 여기저기를 헤매고 있는지도 모른다. 나를 발견한 그가 카페로 들어와서 다시 삿대질을 할 것만 같아서, 나는 누군가가 들어올 때마다 불안한 눈으로 출입구를 응시했다. 그러다가 그와 비슷한 남성의 모습만 보여도 몸이 차갑게 식었다. 더 먼 카페로 갈걸 그랬다.

내가 만약 30대 남성이 아니라 여성이나 노약자였다면 어땠을까. 그는 아마도 더욱 무례했을 것이고, 나도 그에게 보험 회사가 올 때까지 기다리자고 담담하게, 아니 담담한 척 말하지 못했을 것이다. 많은 이들이 나이, 세대, 성별, 이런 것을 무기 삼아 목소리를 높인다. 내가 몇 살인데 말이야, 내가 한참 어른인데 말이야, 어디서 여자가 남자에게 말이야, 하고 그 자리의 언어를 독식한다. 내가 초등학생이던 1990년대에만 해도 그러한 모습을 쉽게 볼 수 있었다. 내가 살았던 서울의 작은 동네에서도 주차 문제 같은 것으로 자주 시비가 벌어졌다. 그때마다 '어른의 싸움'이란 결국 누구의 목소리가 더 큰지, 누구의 나이가 더 많은지, 하는 것으로 승자가 정해졌다. 나는 창문을 살짝 열고 동물원의 사파리 같은 그 풍경을 몰래 지켜보았다. 경찰이 오면 싸움의 주체들은 억울함을 토로하며 곧 사라졌지만, 나는 내가 어른이 되어도 거기에 참전할 수 없으리라는 것을 알았다. 그들과 만나면 나와 같은 사람은 나이나 성별과 관계없이 곧 얼어 버리고 말 것이다. 다행히 그들은 이제 거의 도태되거나 멸종된 것처럼 보였다. 그들을 만나는 일도 발견하는 일도 어려워졌다. 그러나 그들은 멸종한 것이 아니라 진화했는지도 모른다. 평소에는 보통 사람처럼 살아가다가 자신보다 약한 사람이 보이면 곧 진짜 모습을 드러낸다. 마치 오늘의 그처럼. 그들은 그래도 된다고 믿는 존재에게는 여전히, 그리고 이전보다도 더 무례하다.

그들에게, 아니 그에게 어떻게 하면 이 무례함의 비용을 물릴 수 있을까. 단순히 렌트를 하는 것으로는 부족했다. 렌트비는 그의 보험 회사에서 부담할 테고 아마도 그는 그저 재수가 없었다고 하거나 나를 렌트까지 알뜰하게 챙겨가는 욕심 많은 사람으로 여길 것이다. 그러나 나는 그에게 그건 잘못된 행동이었다고, 그러면 안 되는 것이라고 말해 주고 싶었다. 그때 문득 하나의 단어가 떠올랐다. 한 번도 해 보지 않은 일이지만, 그리고 대단히 번거롭고 지난한 일이 될 것 같지만, 나는 그렇게 해 보고 싶어졌다. 신기하게도 그때부터 다리의 떨림이 멈췄다.

언제부턴가 아버지라면 어떻게 했을까를 가만히 고민해 보게 되는 때가 있다. 오늘 내가 어른의 싸움을 하지 않은 것은 아버지 덕분이기도 하다. 그는 내 앞에서 한 번도 목소리를 높여 싸운 일이 없다. 특히 함께 겪었던 교통사고는 삶의 어느 지점마다 문득 떠오른다. 나는 고등학생 시절에 2년 정도 아버지의 차를 타고 등교했다. 아버지의 출근길에 나의 등굣길이 있었다. 덕분에 나는 만원 버스에 시달리지 않고 오전 7시 반이면 학교에 가장 먼저 도착했다. 아무도 없는 교실은 가라앉은 묵은 먼지 덕분에 적막했다. 모두 등교하고 나면 교실은 곧 부유하는 먼지들로 뿌옇게 될 것이다. 그 찰나의 묘한 긴장감이 참 좋았다. 그때는 몰랐지만 아버지와 둘이 나란히 앉아서 가는 매일의 30분은 특별한 것이었다. 아버지는 나에게 요즘 학교생활은 어떠한가, 잘 지내고 있는가, 누가 괴롭히지는 않는가, 성적은 잘 나오는가, 하고 한 번도 묻지 않았다. 내가 다녀오겠다고 인사하면 "잘 다녀와. 고마워." 하고 손을 흔드는 것이 전부였다. 뭐가 고마운지는 잘 모르겠지만 지금도 아버지는 나에게 자주 고맙다고 말한다.

교통사고가 난 건 함께 차를 타고 나가던 어느 날 아침이었다. 교차로에서 직진하던 차의 옆을 택배 차량이 들이받았다. 크다면 크고 작다면 작은 사고였을 것이다. 그때 아버지는 먼저 나에게 괜찮니, 하고 물었고, 내가 다친 데가 없는 것을 확인하고서 차에서 내렸다. 우리 차의 뒷문은 트럭의 앞 범퍼 모양 그대로 움푹 들어가 있었다. 택배 차량에서는 30대로 보이는 젊은 청년이 내렸다. 그는 정말로 '아, 망했다.' 하는 표정을 하고 있었다. 반면 아버지는 약간의 쓴웃음을 지으면서 평온한 얼굴로 차와 그 청년을 번갈아 바라보았다. 나는 교통 법규에 대해 아는 게 없지만 서로의 태도만 보아도 굳이 목소리를 높일 필요 없이 잘잘못이 확실해 보였다. 왠지 학교에 가지 않고 병원으로 가면 될 것 같았고, 보험 회사에서 위로금을 받아 낡은 차도 좋은 것으로 바꿀 수 있을 것 같았다. 아버지가 나에게 다시 한 번 어디가 아프냐고 물으면 "아이고, 목이 좀…." 하고 뒷목을 잡을 준비가 되어 있었다. 그러나 아버지는 분노하지도 들뜨지도 않은 평소의 목소리 그대로 그 청년에게 말했다. "괜찮아요, 차는 제가 수리할 테니까 바쁘실 텐데 어서 가 보세요." 그 말을 들은 청년은 당황하면서 "아니 사장님, 명함이라도 주세요. 나중에 연락드리겠습니다." 하고 말했지만, 아버지는 한 번 더 "정말 괜찮아요. 어서 가 보세요." 하고 그를 운전석까지 떠밀고는 손을 흔들며 "수고해요." 하는 말까지 덧붙이고 말았다. 그 청년은 차에서 내릴 때와 비슷한 표정으로 다시 차에 올랐고 곧 떠났다.

아버지는 나를 훈계하려고 한 일이 없는 대신 종종 그렇게 자신의 삶으로 나에게 말을 건네 왔다. 내가 "이거 수리비도 많이 나올 텐데 그래도 돼요?" 하고 묻자 아버지는 "민섭아, 저 사람은 아침부터 저렇게 일하러 나왔잖아, 정말 열심히 사는 훌륭한 사람이야. 저 사람의 차는 아마 보험에 안 들어 있을 확률이 높아. 아빠가 보험 회사를 부르면 저 사람은 오늘 하루 종일 일해 번 돈을 그대로 다 써야 할지도 몰라. 그런데 아빠는 이 차를 수리할 정도의 여유는 있어. 괜찮아." 하고 답했다. 그러면서 나에게 "근데 엄마한테는 비밀이야." 하고 덧붙였는데, 아버지를 이해하지 못했던 나는 어머니에게 이런저런 일이 있었다고 적당히 설명했던 것 같다. 어머니도 아버지를 잘 이해하지 못했다. "으이그, 맨날…, 아니 그러면 고마워하는 게 아니라 아침부터 이상한 사람 봤다고 하겠지." 하고 말했다. 나는 그때 "맞아 맞아, 그 사람 되게 황당해했어!" 하고 맞장구를 치고 말았지만 지금에 와서 그때의 아버지를 돌이켜 보자면, 실로 대단한 것이다. 사고가 난 그 순간에도 그는 자신의 감정이 아니라 자신이 지켜 온 삶의 태도에 충실했다. 자신이 피해자인 것을 알면서도 타인의 태도와 처지와 입장을 살피고 그에 따라 그를 대했다.

그러고 보니 지금의 나와 그 청년의 나이가 비슷하겠다. 아버지는 어쩌면 그 청년에게서 젊은 날의 연약했던 자신의 모습을 발견했는지도 모르겠다. 아버지는 지금도 종종 자신의 어린 시절 이야기를 들려주곤 한다. 예를 들면 초콜릿을 먹을 때면 "아빠가 어릴 때는 초콜릿 달라고 미군 지프차를 막 따라다니고 그랬어." 하고 말한다든가, 카스텔라를 감싼 종이 포장지를 떼면서 "예전엔 이걸 껌처럼 한참 씹어 먹었어. 단맛이 나잖아." 하고 말한다든가 하는 것이다. 나의 할머니는 그가 대학에 붙었다고 좋아할 때 지정복(교복)을 사 줄 돈이 없어서 울고 있었다고, 그런데 그 모습을 본 아버지의 형이 나가서 밤늦게 들어오더니 "이걸로 쟤 지정복 사 줘요." 하고 돈을 내놓았다고도 말해 주었다. 아버지는 그 청년의 모습에서 자신뿐 아니라 자신을 버티게 해 준 누군가들을 떠올렸을 것이다. 타인의 처지에서 사유하는 일, 그렇게 자신의 마음을 타인의 마음과 같게 만드는 일, 그 동정의 감각이 결국 우리를 연결해 낸다.

그러나 나의 아버지가 오늘 나와 같은 일을 겪었다면 그때처럼 괜찮아요, 하고 말하지는 않았을 것이다. 상대방 차주는 나뿐 아니라 자신의 아내와 딸, 택시 기사, 보험 회사 직원 등 자신보다 연약한 모두에게 무례하게 대했다. 그는 나와 연결될 수 없으며 오히려 언젠가 반드시 나와 연결되어야 할 이들에게 상처를 주는 존재다. 그러한 이들에게는 몸과 마음을 다해 저항해야 한다. 적어도 당신의 행동이 잘못되었으며 그렇게 해서는 안 된다고 말해 주어야 하는 것이다. 내가 떠올린 단어는 '고소'였다.

커피를 다 마셔 갈 즈음에 렌터카가 도착했다는 전화가 왔다. 거리로 나와서 첫 발걸음을 떼자 마음과는 달리 바닥이 푹 꺼지고 말았다. 아직도 지면을 제대로 밟고 있는 느낌이 들지 않았다. 그가 어디에선가 다시 아까의 그 괴성과 함께 달려올 것 같아서 나는 조심스럽게 걸었다. 다행히 사고 현장에는 그도, 보험 회사 직원도, 구경하던 사람들도 모두 보이지 않았다. 아무 일도 없었다는 듯 평온했다. 나의 차 앞에 검은색 중형차가 한 대 주차되어 있었다. 공교롭게도 상대방의 차와 같은 브랜드였다. 어린 시절부터 부의 상징이었던 이 차와 이런 식으로 만나게 될 줄은 몰랐다. 애초에 상대방 차주가 나에게 무례하게 대하지 않았다면 이 차를 타야 할 일도 없었다. 하루에 2만 원의 교통비를 받는 것으로 나는 충분히 괜찮았을 것이다.

나는 새로운 차의 키를 넘겨받았다. 이제 이 잊고 싶은 현장을 어서 떠나야 했다. 그러나 나에게는 아직 해야 할 일이 남아 있었다. 그가 나를 모욕했다는 증거를 수집해야 했다.

모욕의 증거를
수집하다

○ 어디에나 그 거리의 CCTV 역할을 하는 사람들이 있다. 그들의 몸은 드러나 있음에도 불구하고 잘 보이지 않는다. 가게의 간판이라든가 전봇대처럼 그 거리와 동화되어 있기 때문이다. 그들은 투명해진 몸으로 전단지를 돌리거나 판촉 상품을 나누어 주거나 한다. 대학에서 나와서 대리운전을 시작한 나는 거리에 대리운전 기사가 많다는 사실에 놀랐다. 평소에는 보이지 않던 사람들이 '저는 원래 대리기사였습니다.' 하고 여기저기서 나타났고, 그들뿐 아니라 거리에서 노동하는 사람들이 눈에 들어왔다. 나는 그들을 한 개인으로서 새롭게 발견하게 됐다. 그들의 몸은 잘 보이지 않지만 그들의 눈과 귀는 우리와 마찬가지로 쉬지 않는다. 가장 정확한 이방인의 시선으로 그 거리를 담아낸다.

홍대 입구의 뒷골목에도 그들이 있었다. 아까의 사고를 처음부터 끝까지 지켜본 몇몇 사람들을 나는 기억해 두었다. 그들을 발견하게 된 건 어쩌면 상대방 차주 때문이기도 하다. 그가 나에게 감정을 쏟아 내는 동안 나는 약자가 되었다. 약자의 눈에는 약자를 바라보는 약자의 안쓰러운 마음과 조심스러운 응원이 함께 전해지기 마련이다.

나는 먼저 전단지를 돌리던 20대 남성을 찾아갔다. 그는 불과 10여 미터 떨어진 곳에서 자신의 일을 하고 있었다. 아마도 모든 것을 보고 들었을 것이다. 그에게 하고 싶은 말이 많았다. 우선 상대방의 과실이 80퍼센트라는, 그 기쁜 소식을 빨리 전해야 했다. 그와 나는 동류이기에 그도 분명히 기뻐할 것이다. 나는 그에게 조심스럽게 다가가서 저어, 하고는 그를 바라보며 웃었다. 그러나 그는 나를 잘 알아보지 못했다. 실망한 나는 목소리를 가다듬고 사고 현장을 가리키면서 "저기에서 아까 사고가 났던…." 하고 말했다. 그는 "아, 네…." 하면서 적당히 조심스러운 표정으로 나를 바라보았다. 나는 그에게 8대2라는 숫자를 전하려다가 그의 반응이 아무래도 마음에 걸려서 사고 장면을 보았는지만 물었다. 그는 제대로 보지는 못했지만 소란이 있었던 것을 기억한다고 했다. 나는 그에게 만약 고소를 한다면 상대방 차주가 나에게 욕을 한 것을 증언해 줄 수 있을지를 물었다. 그러자 그는 곤란한 표정을 지으면서 지금은 우선 일을 해야 하니 연락을 달라면서 나에게 명함을 건네주었다. 그가 정의는 승리해야 한다고 외치며 하이 파이브를 제안하길 기대한 것은 아니었지만 그의 건조함이 서운하고 실망스러웠다.

나는 이번에는 판촉 행사를 하던 20대 여성에게 갔다. 사고 현장에서는 조금 먼 데 있었지만 그 소란을 보고 들었을 것이다. 그는 가게 앞에서 원 플러스 원 행사 상품을 소개하고 있었다. 발랄하다고 해야 할까, 아마도 '솔'이나 '라' 음쯤 될 듯한 높은 톤의 목소리였다. 나는 그가 나의 동류라는 확신이 있었다. 여성, 청년, 아르바이트생, 이러한 단어들을 조합해 보면, 아마도 이 거리에서 그가 위협할 수 있는 사람은 한 명도 없을 것이다. 그러나 나는 이번에는 조금 더 조심스러웠다. 아까의 적당한 냉대 때문이기도 하고, 무엇보다도 모르는 여성에게 먼저 말을 걸어 본 경험이 별로 없어서였다. 나는 그에게 쭈뼛쭈뼛 다가가서 저어, 안녕하세요, 하고 인사했다. 그는 나에게 "네, 왜 그러세요?" 하고 물었다. 그도 나를 알아보지 못한다는 사실에 무언가 좀 서글퍼졌다. 어쩌면 이 거리에서 그만한 분쟁은 매일 일어나는 것이고 그들에게는 익숙한 풍경이었을지도 모르겠다.

그에게 아까 일어났던 교통사고의 당사자라고 하자 그

는 갑자기 "헐 대박, 진짜요?" 하고 눈을 크게 뜨고는, 아까 그 이상한 사람 때문에 너무 고생 많으셨겠다고 말해왔다. 이런 위로와 공감의 언어라니. 무척이나 다른 그 온도에 나는 눈물이 날 지경이었다. 나는 그에게 8대2라는 과실 비율을 전했다. 그는 다시 "헐."이라는 감탄사와 함께 "잘됐네요, 그런 사람들은 혼이 나야 해요. 왜 모르는 사람한테 그렇게 욕을 해요." 하고 말했다. 나는 그 순간 감격해서 "이 가게에서 무엇을 얼마나 사면 당신에게 도움이 될까요?" 하고 묻고 싶은 심정이 되었다. 그의 잘됨을 위해서 뭐라도 하고 싶어졌다.

내친김에 그에게 고소장을 쓰려고 한다고 혹시 증언을 해 줄 수 있을지를 묻자 그는 "당연히 해 드려야죠, 뭐 어떻게 하면 될까요?" 하고 결의에 찬 눈빛으로 나를 바라보았다. 이렇게 당사자보다도 주변 사람의 감정이 더욱 고조되는 일이 있다. 그에 호응하려고 보니 사실 고소를 위해 무엇을 어떻게 해야 하는지 나도 아는 게 없었다. 그래서 "저어, 사실 저도 잘 모르겠어요. 명함을 주시면 제가 연락드리겠습니다."라고 솔직히 말했다. 그는 명함이 없다면서 자신의 전화번호를 나에게 적어 주었다. 꼭 연락주세요, 파이팅, 하고 말한 그는 다시 판촉에 나섰다. 나는 가게에 들어가서 판촉 상품 몇 개를 구매해서 나왔고, 그는 그런 나를 바라보며 눈인사를 보냈다.

두 사람을 만난 뒤 나는 익숙지 않은 렌터카에 올랐다. 이제 원주로 출발해야 했다. 아내와 아이들이 함께 저녁을 먹기 위해 나를 기다리고 있을 것이다. 서울과 원주를 오가며 주말 아빠로 산 지도 몇 년이 되었다. 언젠가부터 아이들은 "아빠는 우리 팀이 아니야, 빨리 서울로 가." 하고 말한다. 아니 선생님들, 저도 팀입니다. 팀장은 못 되어도 부팀장은 됩니다. 그들에게 팀으로 인정받으려면 어서 출발해야 했다.

사실 마지막으로 더 찾아가야 할 사람이 있었다. 홀연히 사라진 그 택시 기사였다. 그러나 내가 아는 건 택시의 번호판뿐이었다. 우선은 두 사람의 증언만으로도 고소 요건이 성립할지 모르니까, 굳이 지금 택시 기사를 찾지 않아도 괜찮을 것이다. 그러나 이때 어떻게든 그를 찾았어야 했다. 며칠 뒤에 그가 소속된 운수 회사에 찾아갔을 때, 당일에 찾아왔어야 블랙박스의 영상을 확보할 수 있었을 거라는 말을 들었던 것이다. 그 영상이 있었다면 많은 도움을 받았을 것이다.

나는 차의 시동을 걸고 원주로 출발했다. 상대방 차주는 지금쯤 어디에서 무엇을 하고 있을까. 그도 그의 가족들도 별로 행복할 것 같지 않았다. "다음부터는 조심하자, 이제 아빠 보험도 못 들게 생겼다. 근데 다친 사람이 없어서 다행이야."라면서 웃어넘기고, 일부러 함께 맛있는 저녁 식사라도 했다면, 그 가족은 이전보다 더 단단해졌을 것이다. 사랑하거나 계속 함께 살아가야만 하는 사람들이라면 이럴 때일수록 서로에게 더욱 조심스럽고 살갑게 대해야 한다.

즐겁고 기쁜 일이 있을 때는 누구나 친절하고 다정한 사람이 된다. 친구나 애인이나 가족이 아니라 그날 처음 본 사람에게도 좋은 사람이 될 수 있다. 그러나 힘들고 어려운 일이 있을 때 오히려 더욱 좋은 사람이 되기 위해 노력해야 한다. 관계라는 것은 대개 이럴 때 파국으로 치닫기 때문이다. 자신의 감정에 충실하게, 좋을 때는 다정하게 나쁠 때는 무례하게 타인을 대하는 사람들은 모든 관계를 불안정하게 만든다. 나도 잘하지 못하는 일이다. 그래도 그 사실만이라도 기억하려고 한다. 나는 한없이 가벼운, 나의 오랜 친구에 따르면 가볍다 못해 '개벼운' 사람이지만, 그래도 나의 감정과 상관없이 타인에게 작은 평안을 줄 수 있는 사람이고 싶다.

이런저런 생각을 하며 운전하는 동안 허리가 아파 왔다. 단순히 차만 망가진 것은 아니었다. 뒷문에 부딪히기 전에 브레이크를 급하게 밟았다. 이제야 비로소 몸이 신호를 보내 왔다. 약간의 메스꺼움과 함께 원래 좋지 않았던 허리

디스크 언저리가 뜨겁게 올라왔다. 고소장을 쓰는 데 더해 병원에도 가 보아야 할 것 같았다.

선생님, 아니 아저씨,
말이 되는 소리를 하세요

○ 다행히 저녁을 먹기는 조금 이른 시간에 집에 도착했다. 나를 본 아내는 별로 다친 데가 없는 것 같다면서 정말 교통사고가 난 게 맞느냐고 물었다. 나는 아픈 티를 내기 위해 일부러 허리에 손을 가져다 대고 적당히 절뚝거리면서 걷던 참이었다. 여섯 살 아이는 "아, 여기가 아프다는 거지?" 하고는 내 허리에 박치기를 해 왔다. 그래, 이래야 내 가족답지. 병원에 다녀오겠다고 하자 아내는 오자마자 아이들은 안 보고 어딜 가냐는 눈빛을 보내왔다. 아내도 혼자서 두 아이를 보면서 내가 오기만을 기다렸을 것이다. 그러나 나도 마음이 급했다. 진단서를 빨리 받아 두어야 했다.

아직 문을 연 시내의 병원에서 엑스레이 사진을 찍고 진료를 받았다. 교통사고가 났다고 했을 때부터 젊은 의사는 나를 못 미더운 표정으로 바라보았다. 자신의 소견으로는 근육이 좀 놀랐을 뿐 별 문제가 없다는 것이었다. 내가 그래도 허리가 아프다고 하자 의사는 "아이고, 네, 네…" 하고 달래듯 말했다. 하긴, 보험금을 더 타 내기 위해 찾아오는 사람들도 많을 것이다. 나도 치료를 받기 위해서라기보다는 치료를 받아야 한다는 증명을 받기 위해서 왔다. 나는 이때부터 나 자신을 합리화하기 위해 애썼다. 내가 병원에 온 건 그 사람에게 무례함의 비용을 물리기 위해서이고 나는 '나이롱환자'들과는 다르다, 나에게는 합리적인 이유가 있다, 라고 계속 나의 마음을 다잡았다.

진료가 끝나고 받은 진단서에는 '2주'가 적혀 있었다. 진단서라는 게 원래 2주부터 시작한다고 들었다. 그러니까 정말로 형식적인 서류를 한 장 받은 셈이었다. 병원비를 결제하기 위해서는 상대방의 보험에서 대인 접수를 하고 그 번호를 알려 주어야 한다고 했다. 그게 뭔지 몰라서 멍하니 있으려니까 접수처의 직원은 일단 나의 신용 카드로 결제하고 나중에 상대방의 보험 회사에 청구하면 될 것이라고 했다. 그래서 우선 10만 원에 가까운 진료비를 결제했다. 무언가 손해 보는 기분이 들었지만 어쩔 수 없었다. 보험 회사 직원에게 전화해서 대인 접수를 요청해 두었다. 허리는 곧 괜찮아져서 아이를 안고 놀기도 하고 함께 동네 뒷산에도 다녀오면서 평온한 주말을 보냈다.

　월요일 아침에 보험 회사 직원에게서 전화가 왔다. 사건 담당자는 다른 사람으로 바뀌어 있었다. 차분한 목소리를 가진 젊은 남성이었다. 그는 가해자가 보험 대인 접수를 해 줄 의사가 없어 보인다고 했다. 오히려 자신의 아내와 아이도 병원에 보낼 테니 쌍방 대인 접수를 해 달라고 요청해 왔다는 것이다. 교통사고가 났고 상대방의 과실이고 병원에서 진단서까지 받았는데도 그가 허락해야 보험이 적용된다니. 나는 보험에 대해 전혀 모르지만 우선 그 입장이 되고 나니 억울했다. 그는 나에게 경찰서의 교통과에 가서 사고 접수를 하라고 했다. 정식으로 사건이 접수되면 대인 접수를 강제할 수 있다고 했다. 전화를 끊기 전에 나는 그에게 혹시 가해자가 무례하게 대하지 않았느냐고 물었다. 그러자 그는 어떻게 알았냐는 듯 한숨을 쉬며 자신에게 소리를 지르고 욕을 했다고 답했다. 나는 그에게 괜한 감정 노동을 하게 한 것 같아서 미안해졌고, 상대방 차주를 고소해야겠다는 마음을 굳혔다.

　나는 그날 오후에 사고가 난 곳의 관할 경찰서 교통과로 갔다. 거기에서 지난 주말에 이러저러한 교통사고가 났으며 가해자가 대인 접수를 해 주지 않아 접수를 하러 왔다고 말했다. 교통과의 형사는 내가 찍은 사고 사진을 보더니 다음과 같이 말했다. "아니 선생님, 말이 되는 소리를 하세요. 고작 이만한 사고가 났는데 무슨 병원을 가고 대인 접수를 해서 치료를 받아요. 선생님이 봐도 지금 말도 안 되는 소리 하고 있는 거 아시죠? 제가 아저씨 이걸로 처벌할 수도 있어요." 나는 이렇게 경찰서에 와 보는 일이 처음이었다. 안 그래도 주눅이 들어 있다가 그의 추궁에 더욱 움츠러들었다. 호칭도 어느새 선생님에서 아저씨로 바뀌어 있었다. 병원에 이어 두 번째로 보는 경멸의 눈빛이었다. 그래서 나는 그에게 솔직하게 말했다. 사고 이후에 가해자가 나에게 무례하게 대했으며 위협을 가하고 욕도 했다고, 그래서 그에게 그러면 안 된다고 말해 주고 싶은데 이것 말고는 방법을 모르겠다고. 그러자 형사의 눈빛이 조금은 풀어졌다. 그는 나에게 선생님의 심정은 이해하지만 자신들도 원칙을 지켜야 한다고 말했다.

그러다가 그가 갑자기 무언가 발견했다는 듯 상대방의 차가 주차되어 있던 것 아니냐고 물어서 나는 그렇다고 답했다. 그는 나에게 정확히 다음과 같이 말했다. "그럼 이거 교통사고 아니에요. 우리는 두 차량 모두 시동이 걸리고 주행을 하고 있을 때만 사고로 판단하고 접수해요. 이건 교통사고가 아니기 때문에 교통과에서 사고 접수 자체를 할 수가 없어요." 나는 그에게 이게 교통사고가 아니면 무엇이란 말인가 묻고 싶었지만 이걸 판단할 사람은 그였다. 내가 할 수 있는 게 없을 것 같아 보험 담당자에게 전화해서 그를 바꾸어 주었다. 두 사람은 뭔가 좀 실랑이를 하는 것 같더니 곧 전화를 끊었다. 그는 나에게 이것은 교통사고가 아니니 경제과에 가서 일반 사건으로 접수해야 한다고 말했다. 더 이상 교통과에 있을 이유가 없어진 나는 밖으로 나와서 보험 회사에 전화를 걸었다. 보험 담당자는 나에게 "저도 일하면서 이런 경우는 처음인데요. 이게 교통사고가 아니면 뭔지, 저도 잘 모르겠습니다." 하고 황당하다는 듯 말했다. 그러나 그도 할 수 있는 일이 없었다. 나는 그에게 병원에는 가지 않을 것이고 교통사고 접수도 하지 않겠다고, 대신 가해자를 모욕죄로 고소하겠다고 말했다. 잘 기억나지는 않지만 그때 그가 "꼭 그렇게 해 주세요."라고 했던 것 같다.

나는 다시 관할 경찰서로 갔다. 이번에는 교통과가 아니라 경제과를 찾았다. 여기는 금융이나 사기 범죄를 일으킨 사람들이 오는 곳이 아닌가 싶었지만 하라는 대로 했다. 하긴 아는 부서도 교통과와 강력계밖에 없었고 나는 '과'와 '계'를 어떻게 구분하는지도 잘 몰랐다. 들어가서 인사하자 젊은 형사가 나에게 어떻게 왔느냐고 물었다. 나는 그에게 이러저러한 일이 있었다고 답하고, 그를 모욕죄로 고소할 수 있겠느냐고 물었다. 형사는 무척 친절한 사람이었다. 나를 앞에 두고 차근차근 고소 요건에 대해 설명해주었다. 그것을 요약하면 다음과 같다.

① 이것은 공연 모욕죄라고 한다.
② 공연성과 특정성이 성립되어야 한다.
③ 여러 사람이 그 현장에 있었어야 하고,
④ 그가 나를 특정해서 모욕했어야 하고,
⑤ 그로 인해 내가 수치심을 느꼈어야 한다.

나는 그에게 그 거리에 열 명 이상의 사람이 있었고, 그들이 가해자가 나에게 욕하는 것을 보고 들었고, 내가 그로 인해 수치심을 느꼈다고 말했다. 그는 나에게 그것을 입증할 증거가 있느냐고 물었다. 나는 상황을 지켜본 두 사람에게 증언하겠다는 약속을 받아 두었고 택시 기사의 증언도 추가로 받을 수 있을 것 같다고 답했다. 그러자 그는 충분히 요건이 성립한다면서 나에게 몇 장의 서류를 주었다. '고소장'이라는 굵은 글씨가 적힌 것이었다. 증언은 따로 양식이 없으며 언제 어디서 무엇을 어떻게 보았다는 내용을 증인들의 자필로 적고 서명을 받아 오면 된다고 했다.

나는 고소장을 잘 챙겨서 경찰서에서 나왔다. 한 가지 교훈을 얻은 게 있다면, 교통사고가 나면 보험 회사뿐 아니라 경찰서에도 신고를 해야 한다는 것이다. 사고 즉시 경찰에 신고했다면 정식으로 교통사고 접수가 되고 그 이후 공권력의 도움도 받았을 것이다. 보험 회사는 서비스를 제공할 뿐 개개인의 분쟁을 해결할 강제력이 없었다.

우리 사회의 평범이란
당신과 나의 평균으로
구성되어야 한다

○ 나는 지금까지 여러 종류의 글을 써 왔다. 논문도 쓰고 소설도 쓰고 에세이도 쓰고, 이런저런 무겁고 가벼운 글들을 다양하게 썼다. 그래서 그간 글을 써 온 이유가 이 고소장을 쓰는 데 있었군, 판사님을 감동시키겠어, 하고 호기롭게 노트북 앞에 앉았다. 그런데 도무지 한 줄도 제대로 써 내려갈 수가 없었다. 실로 지금까지 써 온 모든 글 중 가장 어려운 글이었다. 어떻게 해도 감동은커녕 최소한의 납득조차 시킬 수 없을 것 같았다. 그러고 보니 그동안의 글은 누군가 잘되면 좋겠다는 마음을 담아서 썼다. 반면 이고소장은 누군가의 처벌을 간절히 바라며 써야 하는 것이었다. 사용해야 하는 언어부터가 달랐다. 직업을 쓰는 란에 '작가'라고 적었다가 어, 왠지 직업이 작가니까 소설을 썼다고 생각하지 않을까, 하는 괜한 노파심까지 들었다. 결국 지우고 '프리랜서'라고 다시 적었다.

우선은 다음의 세 항목에 성실히 답해야 했다. ① 고소 취지, ② 범죄 사실, ③ 고소 이유. 한참을 끙끙대다가 우선은 다른 사람이 쓴 고소장을 참고해 보기로 했다. 인터넷에서 모욕죄를 검색하니까 '사이버 모욕죄'의 사례가 많이 나왔다. 온라인 게임 채팅이나 게시판 댓글로 인한 게 대부분이었다. 중·고등학생들이 서로 부모님의 안부를 주고받다가 처벌되는 일도 많았다. 그 구체적 사례들이 재미있어서 한참 읽다가 간신히 정신을 차렸다.

나는 다음과 같이 '고소 취지'를 적었다. 어차피 길게 쓰는 부분이 아닌 것 같았다.

"고소인은 피고소인을 모욕죄로 고소하오니 처벌하여 주시기 바랍니다."

'범죄 사실'은 고소 취지보다는 길게 써야 했다. 다음과 같은 도움말이 명시되어 있었다.

범죄 사실은 형법 등 처벌 법규에 해당하는 사실에 대하여 일시, 장소, 범행 방법, 결과 등을 구체적으로 특정하여 기재해야 하며, 고소인이 알고 있는 지식과 경험, 증거에 의해 사실로 인정되는 내용을 기재하여야 합니다.

그날 벌어졌던 사건의 경위를 쓰되 나의 감정을 모두 덜어 내고 언제, 어디에서, 누구와, 어떠한 일이 있었는지 적었다.

마지막은 '고소 이유'였다. 다음과 같은 도움말이 명시되어 있었다.

고소 이유에는 피고소인의 범행 경위 및 정황, 고소를 하게된 동기와 사유 등 범죄 사실을 뒷받침하는 내용을 간략, 명료하게 기재해야 합니다.

나는 이 부분에서 다시 한참 멈추었다. 고소의 이유, 나는 왜 그를 고소하려고 하는가. 스스로가 이 질문에 제대로 답해야 할 것 같았다. 사실 나 개인을 위해서도 굳이 이렇게까지 할 필요는 없었다. 오늘 하루 경찰서를 들락거린 것만으로도 충분히 몸과 마음이 소진되었다. 나는 그날 페이스북에 "오늘 하루는 책을 한 권 쓰는 것만큼 힘들었다."라고 기록해 두기도 했다. 앞으로는 더욱 힘들 것이 분명했다. 스스로 납득할 만한 고소의 이유가 있어야 했다. 답할 수 없다면 이 일은 하지 않는 편이 나았다.

고소의 이유를 쓰기 위해 고민하는 동안 가해자의 모습

이 자꾸 떠올랐다. 그는 나를 다그치며 욕을 해 왔다. 그런데 그 앞에 있는 사람은 나만이 아니었다. 증언을 약속한 두 청년이기도 했고, 보험 회사의 직원이기도 했고, 가족이나 친구 등 내가 아는 여러 사람의 모습이기도 했다.

그에 더해, 얼굴을 잘 알 수 없는 여러 약자들이, 특히 여성들이 그 자리에 있었다. 페이스북에 가해자를 고소하려 한다는 글을 썼을 때 많은 여성들이 댓글을 달았다. 그들은 나의 아픔에 공감하는 동시에 저마다의 모욕의 경험을 공유해 나갔다. 잘잘못을 가리기 위한 과정에서 언어적으로 신체적으로 당했던 폭력들. 그들은 그때 무력했고 두려웠고, 그래서 아무것도 하지 못했다고 했다. 사진을 찍지도 못했고, 녹음을 하지도 못했고, 증인을 확보하지도 못했고, 그를 고소하지도 못했고, 그 모욕을 모두 감내해야 했다. 그래서 그들은 나에게 요청해 왔다. 가해자를 꼭 고소해 달라고, 그것으로 그에게 자신의 행동이 잘못된 것이었고 그러면 안 된다는 것을 꼭 알게 해 달라고.

　　잘 하셨어요. 전 이 사건을 읽으면서 그간 겪은 무수한 모욕을 떠올렸어요.

　　고맙습니다. 괜히 막 고맙습니다. 대신 싸워 주시네요. 응원합니다.

아마 그분은 그러면 안 된다는 말을 많이 듣지 못하셨을 겁니다. 그렇게 위압적인 태도로 상대를 주눅 들게 하라거나 그런 걸 배웠을 가능성이 커요. 이번 기회에 그분도 그러면 안 된다는 것을 꼭 알게 되시길.

내가 할 수 있는 유일한 일이라고는 차 문을 걸어 잠그는 것뿐이었다. 그는 내 차 문을 열려고 거칠게 시도하며 "내려."라고 말했고 욕을 했다. 우리 차 때문에 멈춰 서야 했던 뒤차들이 빵빵거렸지만 그는 기어이 내 사과의 표시인 고개 까딱거림을 확인하고서야 그의 차로 돌아갔다. 나는 내가 그런 일을 당한 것이 여자이기 때문이라고 생각했다.

누구나 살면서 몇 차례 모욕의 순간을 경험하게 된다. 그러나 거기에 대응하기란 어렵다. 그 순간을 견뎌 내고 다시 그런 일을 겪지 않도록 조심하는 것이 고작이다. 몸에 새겨진 그 감각들은 시간이 지나도 지워지지 않는다. 문득 떠오르면서 일상을 갉아먹는다. 나에게도 지워지지 않는 몇 가지의 기억들이 있다. 그게 떠오를 때면 나는 아주 작아지고 만다. 가해자는 모두 잊었거나 지금도 나와 닮은 누군가를 모욕하며 살아가고 있는지도 모른다. 그들에게 그러한 행동에는 책임이 따른다는 사실을 알려 주어야 한다. 나를 위해서가 아니라, 앞으로 그들과 대면해야 할 나와 닮은 타인들을 위해서다. 언젠가 반드시 만나야 할 누군가가 그들로 인해 상처받은 채로 내 앞에 와서는 안 된다. 그러니까, 나를 위해서이기도 하다.

나는 고소장을 쓰면서 '평범'이라는 단어를 떠올렸다. 어쩌면 가해자는, 그 40대 남성은 우리 사회의 평범, 또는 평균의 인간일 것이다. 누군가는 그에게 조언해 주었는지도 모른다. 이런 사고가 있을 때는 일단 나가서 욕을 하든 고성을 지르든 해서 기선을 제압해야 한다고. 상대방이 여성이나 노약자일수록 혹은 나이가 어린 남성일수록 더욱 그렇게 해야 한다고. 나는 한동안 나에게 욕을 하며 달려온 그를 우리 사회의 평범이라 여기며 살아왔다. 그래야 덜 상처받고 지낼 수 있었기 때문이다. 그러나 그러면 안 되는 것이다. 우리 사회의 평범이란 당신과 나의 평균으로 구성되어야 한다. 나는 조곤조곤 자신의 존재를, 주변을, 사랑하는 이들을 설명할 수 있는 이들을 우리 사회의 평범으로 끌어올리고 싶다. 그들을 견인해 내고 싶다.

나는 고소장의 '고소 이유'에 다음과 같이 적었다.

"피고소인의 욕설과 반말에 노출되는 동안 고소인은 심각한 수준의 모욕을 느꼈습니다. 그에게 타인, 특히 상대적 약자에게 목소리를 높이고 욕설을 하고 위협 어린 반말을 하는 데는 책임이 따른다는 사실을 알려 주고 싶습니다. 앞으로 그와 대면해야 할 타인들을 위해서라도 그를 고소합니다."

나는 그를 고소한다. 그 이유는 나와 나를 닮은 사람들을 지키기 위해서다. 그의 무례함을 용인하거나 묵인하고 나면 그는 또 누군가에게, 언젠가는 나와 만나야만 할 나와 닮은 이들에게 여전히 무례할 것이다. 나는 내가 만났던 이들뿐 아니라 내가 앞으로 만나야 할 이들이 어디에서든 덜 상처받고 나에게 다다를 수 있기를 바란다. 그렇게 서로를 지키며 잘 지내다가 언젠가 반갑게 만나고 싶다. 고소의 결과가 어떻게 될지는 모른다. 그러나 그는 이전보다 조금은 더 눈치를 보게 될 것이다. 갑자기 좋은 사람이 되지는 않겠으나 법의 처벌을 받을 수 있다는 두려움에 '착한 사람 코스프레'라도 하게 될 것이다. 그래서 나는 즐겁게 이 일을 진행해 보기로 했다. 잘 되지 않는다고 해도 우리 사회가 한 개인에게 무례함의 비용을 얼마나 물릴 수 있는 사회인가, 거기까지 가는 과정은 어떠한가를 살펴볼 수 있는 작은 실험이 될 것이다.

내가 옳은 일을 하고 있다고
믿지 않아야 한다

○ 고소장을 완성한 다음 날, 나는 홍대로 갔다. 증언을 해주기로 한 두 청년을 만나기로 했다. 먼저 전단지를 돌리던 20대 남성과 약속을 잡았다. 빈손으로 가기가 미안해서 빵과 함께 내가 좋아하는 책 몇 권을 선물로 챙겼다. 그런데 그는 나의 전화를 받고 아무래도 증언을 하기가 어려울 것 같다고 말해 왔다. 나는 그가 흔쾌히 응할 것으로 믿었기 때문에 당황스러웠다. 황급히 그 이유를 묻자, 그는 만나서 말씀드리겠다면서 말을 아꼈다.

그 일이 있었던 근처의 카페에서 그와 만났다. 그는 무척 조심스러운 표정을 하고 있었다. 내가 빵을 건네주었더니 그는 처음으로 웃었다. 그러면서 그 웃음의 이유를 말해 주었는데 그의 말을 듣고는 나도 웃지 않을 수가 없다. 이것은 여기에 기록해 둘 수 없는 내용이어서 아쉽다.

그에게 증언을 해 줄 수 없는 이유에 대해 물었다. 가해자에게 자신의 행동이 잘못되었다는 것을 꼭 알게 해 주고 싶다는 말도 덧붙였다. 그러자 그는 일하다 보면 그런 사고를 많이 보게 된다고 했다. 그는 사실 내가 모욕을 당하는 것도 모두 보았다. 그러나 그간 자신을 찾아온 것은 나뿐만이 아니라고 했다. 그는 함께 일하는 후배의 이야기를 들려주었다. 언젠가 그 거리에서 비슷한 사고가 있었다. 그때 일을 하다가 현장을 목격한 후배는 피해자의 요청에 따라 자신이 본 대로 증언했다. 그러나 진술을 하기 위해 경찰서를 오가야 했고, 인근에 살고 있던 가해자가 자신에게 불리한 증언을 했다는 것을 알고 회사로 찾아와서, 결국 일을 그만두게 되었다. 그는 그 이후로 거리에서 눈과 귀를 막고 살아가기로 했다. 계속 일을 하기 위해서이고 자신의 경력이 단절되는 것을 원치 않아서라고 했다.

나는 그의 이야기를 들으면서 부끄러워졌다. 나는 나의 입장만 가지고 무작정 그를 찾아왔다. 내가 정의로운 일을 하고 있기에 그가 여기에 동참할 것이라고, 아니 당연히 동참해야만 한다고 굳게 믿었다. 그러나 그는 나의 슬픔이나 정의에 공감하지 못하는 것이 아니었다. 그에게는 그렇게 할 수 없는 나름의 이유가 있었다. 역설적으로 그는 약자이기 때문에 약자를 위해 움직일 수 없다. 그를 보면서 문득, 대학원생 시절의 내가 떠올랐다. 그는 내가 대학에서 나올 때 입고 있던 것과 비슷한 빨간색 파카를 입고 입었다. 대학원생인 나에게 누군가가 증언을 부탁했다면 나는 어떻게 했을까. 가해자가 교직원이거나 교수였다면 나는 거절했을 것이고 어쩌면 나에게 이익이 될 편에 섰을지도 모른다. 그때 가졌던 연약함만큼이나 나는 나약한 인간이었다. 이 청년이 지금 이 자리에 앉기까지 얼마나 많은 용기가 필요했을까. 그는 나에게 전화번호를 건넸고, 다시 만났고, 마주 앉아 자신의 처지를 솔직하게 고백하고 있다. 증언의 여부와는 관계없이 그는 이미 나와 비교할 수 없을 만큼 정의롭고 용기 있는 사람이었다. 오히려 간편한 정의로움으로 무장하고 그를 찾아간 내가 부끄러워해야 했다.

나는 그에게 다시 고소를 도와 달라고 말하지는 않았다. 다만 서로에 대한 이야기를 나누기 시작했다. 그는 연극이 좋아서 일을 배우면서 홍대 인근에서 지내고 있다고 했다. 나는 글을 쓰는 일을 하면서 살고 있는데 고소장을 쓰는 게 너무 어렵다고 하니까 그는 이상하다면서 웃었다. 나는 그에게 주소를 알려 달라고 했다. 내가 기획자로 참여한 김동식 작가의 소설집을 보내 주고 싶었다. 연극으로도 제작된 단편 소설이 몇 개 있었다. 그는 소설을 좋아

한다면서 주소를 알려 주었다. 나는 그에게 마음이 바뀌면 언제든 연락 달라고 하고는, 경찰서에서 증인의 신원 보호는 확실히 해 줄 것이라고 덧붙였다. 그러나 그는 모든 것이 두렵다고 했고, 나는 그에게 괜찮다고, 모든 것을 이해한다고, 고맙다고 말하고는 함께 카페에서 일어났다. 그가 언젠가 이 상황을 연극으로 만들게 되면 좋겠다.

나는 아르바이트를 하던 20대 여성을 만나기 위해 인근의 다른 카페로 갔다. 이번에도 빵과 책 몇 권을 챙겼다. 그와는 첫 만남처럼 이번에도 반갑게 만났다. 내가 고소장을 보여 주자 어떻게 썼는지 보고 싶다고 했고, 읽고 나서는 "헐, 진짜 작가님 맞으신가 봐요. 어떻게 이렇게 썼어요. 저 감동한 거 아시죠." 하고 말했다. 그는 주변의 사람들에게 활력을 불어넣을 줄 아는 사람이었다. 쉬지 않고 상대방에게 힘이 되는 말을 했다. 그는 내가 건네준 A4 용지에 자신이 보고 들은 것을 써 내려가기 시작했다. 그 모습을 지켜보는 동안 나는 이 고마움을 어떤 표정과 몸짓으로 표현해야 할지 몰라 미안했다. 그가 문장을 완성해 나갈 때마다 고맙습니다, 라는 마음의 말을 수십 번씩 보냈던 것 같다.

그는 혼자 끙끙대다가 10여 분 만에 열 줄 내외의 진술서를 완성해서 나에게 건네주었다. 나는 그것을 모서리라도 구겨질세라 소중히 받아 들었다. 나에게 그만큼 중요한 것이기도 했지만 무엇보다도 그의 마음이 무척이나 고마웠다. 그가 잘 쓴 건지 모르겠다고 구김살 없이 웃어서 나는 저보다 더 잘 쓰셨어요, 정말 고마워요, 하고 따라 웃어 보였다. 나는 그에게 혹시 두려운 것은 없는지 물었다. 그도 이 거리에서 계속 일하며 살아가야 할 것이기 때문이다. 그는 조금은 걱정이 된다고 했다. 일은 다른 데서 구하면 되니까 별 문제가 아닌데 그가 해코지를 하기 위해 찾아올 수도 있을 것 같아 겁이 난다는 것이었다. 나는 절대로 그런 일이 없게 담당 형사에게도 그 부분을 꼭 확인하겠다고 말했다.

아직 만나야 할 사람이 한 명 남아 있었다. 사고를 목격한 택시 기사에게 증언을 받아야 했다. 내가 사고 당일에 한 것이라고는 택시의 뒷모습을 사진으로 찍어 둔 게 전부였지만 거기에는 차량의 번호판과 회사 이름이 남아 있었다. 나는 서울시의 모든 택시 관련 민원은 다산 콜센터로 하면 된다는 말을 들은 일이 있었다. 콜센터의 상담원은 택시의 번호판을 확인하는 것만으로 운수 회사의 정확한 전화번호를 알려 주었다. 역시 번호판을 사진으로 찍어 두길 잘했다. 운수 회사에서는 나의 사고 일시를 확인하고는 해당 기사가 오늘 저녁 6시쯤 들어올 테니 그 전까지 회사 사무실로 오라고 안내해 주었다. 강동구 천호동이라고 했으니까 홍대 입구에서 지하철을 타면 1시간쯤 걸릴 것이었다. 나는 택시를 타고 갈까 잠시 고민했다. 가는 동안 택시 기사께 이런저런 일이 있었다고, 뭐라고 말씀드려야 고소장을 써 주실지를 묻고 싶었고, 하다못해 음료수는 비타민 음료와 커피 중 무엇이 더 좋을지도 궁금했다. 그러나 택시비를 떠올리고는 지하철역으로 걸어갔다.

운수 회사 사무실에는 나이가 칠순은 되었을 것 같은 어르신이 자리를 지키고 있었다. 그가 나에게 왜 왔는지를 물어서 이러저러한 일로 진술서를 부탁드리러 왔다고 했다. 그는 아직도 그런 사람이 있느냐면서 진술서를 잘 받고 꼭 처벌이 되면 좋겠다고 응원해 주었다. 그 환대에 마음을 조금 놓은 나는 그에게 음료수를 하나 내밀며 감사를 전했다. 6시가 가까워지자 퇴근한 택시 기사들이 무언가를 적기 위해 사무실을 오갔다. 그리고 드디어, 내가 기다리던 그가 나타났다. 나는 그에게 반갑게 인사했지만 그는 나를 알아보지 못했다. 내가 "저어, 그 며칠 전에 홍대에서 사고 났을 때 말예요." 하고 말하자, 옆에 있던 다른 기사들이 "뭐여, 사고?" 하고 주변으로 모여들었다. 그가 아아, 그, 하고 아는 척을 하고 "아녀, 이 사람은 피해자여." 하고 말하고서야 그의 동료들은 경계심을 풀고 흩어졌다.

그는 나에게 진술서를 쓰지 않겠다고 말했다. 다른 사람은 몰라도 그는 흔쾌히 응할 줄로 알았기에 당황스러웠다. 왜냐면 그는 함께 모욕을 당했기 때문이다. "그거 아저씨가 잘못한 거예요."라는 한마디를 했다는 죄로 욕을 먹고 삿대질을 당했고 거의 멱살을 잡힐 뻔했다. 그러나 그는 그런 일은 흔히 있는 것이라고, 그리고 그 사람도 가족이 있는데 그 정도의 욕으로 처벌까지 받게 하는 건 좀 과하다고 말했다. 그렇게 말하는 그의 표정과 몸짓은 무척 담담하고 평온했다. 새삼 택시 기사라는 직업이 얼마나 감정의 최전선에 있는 것인가, 그 정도의 모욕을 '그 정도의 욕'이라고 웃으며 넘길 만큼 이런 일은 우리 사회의 일상인가, 하고 슬퍼졌다.

그는 나에게 등을 돌리고는 사무실로 들어갔다. 거기에서 사납금을 내거나 근무 일지 비슷한 걸 작성하는 것 같았다. 그는 곧 A4 용지 하나를 들고 나왔다. 아직 서 있는 나에게 "그런데 그 사람이 좀 너무하긴 했지. 한 장 써 줄 테니까 기다려요." 하고 말했다. 그러고는 검은 사인펜으로 쓱싹쓱싹, 마치 필경사처럼 종이를 채워 나갔다. 진술서가 아니라 임명장을 쓰고 있다고 해도 될 만큼 멋진 필체였다. 나는 아버지 나이대의 분들이 아무 펜으로 멋지게 글자를 쓰는 걸 보면 그분들이 가지고 있는 멋을 느끼곤 한다. 주로 컴퓨터를 이용해 문서를 작성하는 나의 세대는 가지고 있지 못한 그들만의 낭만처럼 보인다. 나는 어른이 되면 글씨를 잘 쓸 수 있게 되겠지, 했는데 어린 시절의 그 글씨 그대로 나이만 먹었다. 그는 멋진 어른이니까 아마 돈 도 엄지손가락으로 넘겨 가며 촤라라락 잘 세고 매운 청양 고추도 잘 먹을 것이다. 부끄럽지만 나는 아직도 돈을 옆으 로 한 장 한 장 옮기면서 세고 매운 음식도 못 먹는다. 나는 언제 어른이 될 수 있을지 모르겠다. 그는 채 5분도 되지 않아 A4 용지 한 장을 살뜰하게 채워 냈다. 나는 그 모습을 제대로 숨도 못 쉬고 경이롭게 지켜보았다.

그는 나에게 진술서를 건네주고는, 내가 건넨 음료수를 동료 기사들과 나누고 자신도 한 병을 마시면서 "그럼 저는 들어갈게요." 하고 인사를 했다. 나는 왜 그랬는지 그와 저녁을 함께 먹고 싶어졌다. 불고기전골이나 아니면 생선구이 백반 같은 것이라도 대접하면서 가능하다면 소주도 한잔 함께하고 싶었다. 많은 이야기를 나누지 않았는데 다만 그가 나에게 조금씩 보여 주었던 모든 태도의 선들이 참 멋스러워 보였던 것이다. 이러한 어른을 만나고 발견하기란 어려운 일이다. 그러나 그는 아이고 됐어요, 아내가 기다리고 있으니 들어가서 가족하고 먹을 거예요, 하고는 마지막까지 멋지게, 홀연히 사라지고 말았다.

하루 동안 나는 세 사람을 만났다. 두 명의 청년과 한 명의 어른이었다. 그들을 만나기 이전의 나는 스스로 만들어 낸 정의로움에 빠져 있었다. 세 장의 진술서를 받아 내겠다는 결연한 의지로 집에서 나섰다. 그러고 나니까 작은 일에도 모두 의미를 부여하게 됐다. 무슨 일을 하든 '이건 모두를 위한 정의로운 일이니까 괜찮아.' 하고 합리화하게 되는 것이었다. 자신의 정의로움을 내세우고 그에 경도되기는 쉽다. 타인을 악으로 규정하고 그를 심판하려 하기도 쉽다. 그러나 자신만이 옳다고 믿는 사람만큼 위험한 사람도 별로 없다. 나는 이 고소를 진행하는 동안 가져야 할 하나의 원칙을 정했다. 나를 끊임없이 의심하기로 한 것이다. 스스로 옳은 일을 하고 있다고 믿는 건 필요한 일이지만 그러다 보면 곧 괴물이 되어 버릴 것 같았다. 고작 이만한 일을 하면서도 계속해서 당위를 찾아내려 애쓰는 것을 보면, 나는 참 나약한 사람인 것이다.

가해자에게 고맙기도 했다. 그가 아니었다면 나는 이 세 사람의 삶과 만나지 못했을 것이다. 여전히 내가 발견하고 배워야 할 지도 교수들이 참으로 많다.

우리 사회의
모욕의 정의

고소장과 증언 진술서를 들고 관할 경찰서를 찾았다. 정식으로 고소장을 접수했고 담당 수사관이 배정되었다. 그는 나와 나이가 비슷해 보이는 여성이었다. 진술서를 받은 그는 "네, 그러면 정식으로 사건 접수하겠습니다." 하고 말하고는 조서를 작성해 나갔다. 그는 나에게 그날의 모든 일들을 하나하나 물으며 확인했고, 나의 진술을 적당한 공감의 말이나 몸짓과 함께 들어주었다. 경찰서의 분위기에 주눅이 들었던 나는 그의 친절함에 조금은 마음이 편안해졌다.

기억에 남는 말은 '모욕'의 정의에 대한 것이었다. 그는 나에게 어떠한 욕을 들었는지 자세하게 말해 달라고 했다. 모두 선명하게 떠오르는 것은 아니었다. 그래서 OO과 OOO이라고 하니까 그는 "그건 성립이 안 될 수도 있어

173

요. 음, 예를 들면 시발, 이라고 외쳤다고 해도 그게 선생님을 향한 게 아니라 그냥 감탄사처럼 한 거라고 주장한다면 모욕에 해당하지 않아요."라고 말했다. 나는 잘 이해가 가지 않았다. 누군가가 내 앞에서 욕을 한 게 명확해도 그게 감탄사 같은 것이었다고 하면 그에게는 죄를 물을 수 없는 것이었다. 사실 그 가해자가 나에게 특별한 욕을 한 건 아니었다. 말하자면 한국 사회의 가장 평범한 욕설이고 폭언이었다. 수사관은 조금 고민하는 것 같았다. '아, 생각보다 욕의 수위가 높지 않은데….' 하는 표정이었다. 그러다가 곧 이만하면 모욕이라 할 수 있죠, 하고는 나에게 이것저것 다시 묻기 시작했다.

고소장 접수를 마치는 데는 진술 시간을 포함해 1시간가량 걸렸다. 담당 수사관은 나에게 마지막으로 진술서에 기록하고 싶은 말이 있으면 뭐든 하라고 말했다. 보통 어느 정도의 처벌을 원하는지를 말한다고 했다. 검사도 이 부분을 중요하게 본다는 것이었다. 그래서 나는 고민하다가 "이 사람이 꼭 처벌을 받고, 그래서 누구에게도 그런 무례한 행동을 하지 않게 되면 좋겠습니다. 저와 닮은 사람들을 지키고 싶어요." 하고 말했다. 그 말을 마친 나는 진술서에 지장을 찍었다. 수사관은 나에게 손가락에 묻은 인주를 닦을 물티슈를 건네주었다. 그러면서 뭐든 궁금한 것을 물어보라고 해서, 증언을 한 사람들의 신원은 확실히 보호가 되는지 물었다. 그는 놀랍다는 표정을 지으면서 그런 걱정은 전혀 안 해도 된다고 답했다. 피의자가 그들의 신분을 알 방법이 없고 혹시라도 그들을 위협하거나 하면 그때는 정말로 큰 처벌을 받게 된다고 했다. 그에게 작별 인사를 하면서 "저어, 그런데 잘될까요?" 하고 물었다. 그는 서류를 정리하면서 다음과 같이 답했다. "피의자 조사를 해 보아야겠지만, 네, 뭐, 이 정도면…."

그 후 별일 없이 열흘이 지났다. 나는 그동안 경찰서에서 수사관과 마주 앉아 있는 꿈을 한 번 꾸었다. 수사관은 나에게 "피의자에게 선생님의 신분이 노출될 일은 없습니다. 걱정 마세요." 하고 말했다. 아무래도 나는 그와 마주할 자신은 없었다. 모르는 번호로 전화가 올 때마다 혹시, 하고 두렵기도 했다. 그가 처벌받았으면 하는 마음과 함께 이로 인해 그가 느낄 분노, 원망, 두려움과 같은 감정들이 그대로 전해져서 가슴 한편이 쓰리기도 했다. 그러면서도 그가 어느 정도는 그러한 상태가 되기를 원하기도 했다. 나의 마음도 잘 정리되지 않는 나날들이었다.

사고 2주 만에 자동차 수리가 끝났다. 렌터카 회사의 직원이 나의 차를 가지고 집으로 왔다. 큰 사고는 아니었지만 부품을 구하는 데 시간이 오래 걸렸다고, 죄송하다고 말했다. 사실 더 늦게 오시길 바라고 있었는데. 그와 잠시 이야기를 나눴다. 그는 렌터카 회사에서 일하는 게 쉽지 않다고 했다. 자신의 차에 아주 작은 흠집만 나도 난리가 나는 사람들이 있는데 오히려 그런 사람들이 렌트한 차에 자기가 흠집을 내면 이 정도로 왜 그러느냐, 한다는 것이었다. 그들을 상대하는 일이 당연히 쉽지 않을 것이다. 그러나 그는 렌트는 꼭 해야 하는 것이라고 힘주어 말했다. 그래야 자동차 회사에서 차도 더 만들고, 자신들도 먹고살고, 대한민국 경제도 돌고, 그렇게 선순환 구조가 이루어질 것이라고 해서 완전히 공감이 가는 건 아니었지만 아아, 그렇군요, 하고 답했다. 그는 나에게 타인의 불행이 있어야 돈을 버는 것이 슬프지만 그만큼 사람들의 본성과 자주 마주하게 된다고 했다. 이런 분들의 이야기가 책으로 나오면 좋겠다고 고민할 즈음 자동차 반납 처리가 끝났다.

보험 회사의 담당자에게 전화가 왔다. 가해자가 자신의 과실을 인정하지 않는다고 했다. 그래서 결국 '분쟁 심의 위원회'로 갈 것이고, 여기에서 정확한 과실을 따질 것이라고 했다. 그는 말하다가 "아, 정말 대단한 사람입니다….." 하고 잠시 자신의 감정을 내비쳤다. 분쟁의 최전선에서 단련된 그가 그렇게 표현할 만큼 가해자는 유별난 사람이었다. 나의 전화번호를 알려 달라며 욕설을 퍼부었다고도 했다. 나는 모든 과정에서 최대한 감정을 소모하지 않기 위해 노력했다.

담당 수사관에게 전화가 왔다. 고소장을 접수한 지 정확히 열흘 만이었다. 피의자가 혐의를 부인하고 있다고 했다. 택시 기사에게는 확실히 욕을 했지만 나에게는 하지 않았다고, 그래서 진술인들에게 전화를 해서 자신이 더 확인을 해 보겠다는 내용이었다. 나는 진술을 해 준 그들에게 더 부담을 주고 싶지는 않았다. 그래서 "그 청년은 자신의 신원이 노출될까 봐 걱정하고 있어요. 혹시 그가 불안해 하면 그의 의사에 따라 진술을 없던 일로 해 주세요. 이고소보다는 그의 삶이 더욱 중요하니까요." 하고 부탁드렸다. 수사관은 "네, 물론이에요. 그렇게 할게요." 하고 다정하게 답해 주었다.

전단지를 돌리던 20대 청년에게 전화가 왔다. 나는 그의 의사에 따라 진술서를 받지 않았다. 그러나 그는 뜻밖의 소식을 전해 왔다. 그 가해자가 자신을 찾아왔다는 것이다. 그러고는 모욕죄로 고소를 당했으니 자신이 그날 욕을 하지 않았다는 사실을 진술해 달라고 요청했다고 했다. 아, 정말로 대단한 사람이다. 그래서 어떻게 했느냐고 묻자 그는 그날 멀리 있었고 일을 하느라 제대로 보고 듣지 못했다고 답했다고 했다. 그는 몇 번 어르고 달래다가 화를 내고 돌아간 모양이다. 그러다가 "혹시 네가 그 사람에게 진술서 써 준 거 아냐?" 하고 물었다고 했다. 아, 정말 대단한.

나는 증언을 해 준 택시 기사에게 전화를 했다. 그의 일이 끝났을 시간이었다. 그는 내가 걱정하지 않아도 수사관의 전화에 어른의 방식으로 잘 응대할 것이었다. 다만 그와 이야기를 나누고 싶었다. 그는 반갑게 전화를 받아 주었다. 나는 고소장을 잘 제출했다고 하고, 다만 가해자가 혐의를 부인해서 수사관에게서 추가 진술을 위한 전화가 갈 수 있을 것 같다고 했다. 그는 그 말을 듣고 "아, 그거 진짜로 나쁜 놈이네…." 하고 말해 주었다. 그래서 나는 부글부글 끓던 마음이 가라앉았다. "그 사람이 선생님께 욕한 건 인정한다고 했다던데요."라고 하니까 그는 웃었다. 수사관에게서 전화가 오면 잘 이야기할 테니 걱정하지 말라고 했고, 나는 그에게 곧 저녁을 같이 먹어요, 하고 말했다.

고소장을 접수한 지 한 달 만에 다음과 같은 문자가 왔다.

귀하와 관련하여 서울 OO경찰서에서 송치한 사건은 2019-03-19 서울중앙지검 N호(주임 검사 OOO)로 접수되었으며, 자세한 사건 진행 내역은 형사사법 포털 사이트 (www.kics.go.kr)에서 확인할 수 있습니다.

이제, 결과를 기다리면 된다.

우리가 상처받지 않고
서로에게 다다를 수 있기를

○ 사건을 접수한 지 약 한 달 만에 결과가 나왔다.

검사 처분: 구약식, 청구 금액 70만 원

'구약식'은 '죄가 인정되고 벌금형에 처하는 것이 상당한 경우에 법원에 약식 명령을 청구하는 처분'이라고 한다. 별도의 재판 없이 판사가 벌금을 확정하고 국가에서 피의자(가해자)에게 그것을 청구하게 된다. 우리 사회가 가해자에게 매긴 모욕의 비용은 70만 원이었다. 그는 이제 그만한 금액을 국가에 배상해야 한다. 이것이 충분한지 부족한지는 저마다 판단하기 나름이겠다. 다만 나는 그 금액을 한참 바라보았고, 가치 판단을 내릴 수 없어서 그냥 조용히 웃었다.

이번 일을 겪으면서 법이라는 건 적당히 알아 둘수록 좋다는 걸 알게 됐다. 고소는 '형사'와 '민사'로 나뉜다. 형사는 내가 가해자를 경찰에 고발하는 것이고 국가 대 가해자의 분쟁이 된다. 그에 따른 벌금도 국가가 가져간다. 민사는 내가 가해자를 법원에 고발하는 것이고 나 대 가해자의 분쟁이 된다. 여기에서 발생한 위자료나 합의금은 내가 가져간다. 나의 경우는 형사 고소 건이 끝난 것이고 이제 민사 고소를 다시 준비할 수 있다. 만약 진행해서 승소한다면 보통 벌금의 2~3배 금액이 위자료로 청구되고 그 과정에서 들어간 소송의 비용도 그가 부담해야 한다고 한다. 나는 한참 고민하다가 민사 소송은 하지 않기로 했다. 민사로 들어가게 되면 그때부터는 그와 대면해야 하고 법정에도 서야 한다. 그건 지금과는 또 비교가 되지 않을 만큼 몸과 마음을 소진하는 일이 될 것이다. 무엇보다도 그에게 자신의 행동이 잘못된 것이었다는 메시지를 전하는 데는 이만하면 충분했다. 동종 전과가 있으면 가중 처벌을 받게 된다고 하니까, 그는 이전보다는 조금 더 타인의 눈치를 보며 살아가게 될 것이다.

증언을 해 준 청년과 택시 기사와 보험 회사의 직원과 그리고 그간 응원해 준 분들에게 고소의 결과를 알렸다. 모두가 각자의 방식으로 나에게 축하를 건네 왔다. 택시 기사께는 함께 식사를 하자고 말씀드렸는데 그는 끝까지 "에이, 뭐 이런 걸로 밥까지 얻어먹어요. 됐어요." 하고 답했다. 그래도 책이 나오면 한 번 더 말씀드리려고 한다.

이 고소의 결과를 기다린 사람들이 더 있었다. 페이스북에 소식을 알리자 정말 많은 댓글이 달렸다. 그중 몇 가지를 공유해 두고 싶다.

온 맘을 다해 잘하셨다고 감사하다고 인사하고 싶어요. 그리고 저에게도 이런 일이 생기면 침착하게 증거를 수집해야겠다 맘먹었어요. 작가님 보면서 나도 할 수 있겠다 용기 얻었어요!

이번 사건으로 그분이 조금이라도 변할 수 있으면 좋겠습니다. 뉘우치는 것까진 바라지 않더라도 조심은 좀 하지 않을까요.

주변을 보면 작가님과 같은 상황에 처한 지인들을 많이 보고, 왜 그때 똑같이 욕하지 못하고 듣고만 있었을까 분해 하는 경우를 많이 보았습니다. 하지만 가해자처럼 욕으로 모욕을 주는 게 오히려 비정상인데 말이죠. 고소의 이유를 읽고 박수를 보내 드립니다. 좋은 경험 공유하겠습니다. 감사합니다!

내가 고소장을 접수할 수 있었던 것은 '증거'가 있었기 때문이다. 내 차의 블랙박스는 그때 돌아가지 않았고, 거리의 CCTV도 이쪽을 비추고 있지 않았고, 택시의 블랙박스 영상도 모두 지워졌다고 했다. 이럴 때는 '녹음'을 하는 것이 가장 좋지만 그렇게 이성적으로 대처할 수 있는 사람은 별로 존재하지 않는다. 내가 잘한 것이 있다면 현장에서 떠나는 택시의 번호판을 사진으로 찍었고, 현장을 지켜본 사람들을 찾아가 진술을 부탁하고 명함을 받은 것이었다. 그것은 내가 가해자와 싸울 수 있는 최소한의 무기가 되어 주었다.

모욕을 당하다 보면 당연히 무섭고 수치스럽다. 그러나 우리는 슬픔과 분노와 원망을 간직한 채로, 자기 자신을 위한 최소한의 일을 해야만 한다. 슬프지만 스스로를 지켜야 한다. 고소의 과정을 굳이 기록한 것은 나를 닮은 평범한 사람들이, 무엇보다도 사회적 약자들이 여러 비상식의 순간에 어떻게 대처해야 하는가 기억해 주기를 바라서였다.

우리 주변에는 욕을 하고 목소리를 높이는 것으로 문제

를 해결할 수 있다고 믿는 이들이 여전히 남아 있다. 특히 여성, 노인, 청소년, 장애인 등등 사회적 약자에게는 더욱 그렇다. 내가 30대의 건장한 남성이 아니었다면 나는 더 많은 모욕을 당했을 것이다. 그들을 멸종시키는 것은 결국 우리의 일이다. 정확히는 멸종보다는 진화라는 표현을 쓰고 싶다. 그들이 주변의 타인들에게 끊임없이 영향을 받으면서, 자신보다 약한 사람들을 함부로 대하지 않게 되기를 바란다. 그들이 스스로의 생존을 위해서라도 선한 사람이 될 수 있기를 바란다. 그래서 우리는 일상의 모욕을 감내하는 데서 나아가 저마다 할 수 있는 일을 해야 한다. 그들의 방식으로 함께 맞서야 한다는 의미는 아니다. 괴물에게 맞서기 위해 괴물의 방식을 따라 할 필요는 없다. 그건 아마도 최후의 수단일 것이다.

당신을 도와줄, 당신과 닮은, 우리 사회의 평범한 이들이 곁에 있다. 나도 그들의 도움이 없었더라면 내가 받은 모욕을 입증할 수 없었을 것이다. 맞서고자 한다면 함께 힘을 보태 줄 사람들이 반드시 나타난다. 그리고 이기지 못한다고 하더라도 괜찮다. 고소를 당하고 조사를 받는 것도 무척 불편한 일이다. 적어도 그만큼 그도 조금은 더 조심하게 될 것이다. 그가 자신의 감정을 조절하지 못하는 데 대한 비용을 지불하거나 불편을 겪을 수 있음을 알게 해야 한다. 앞으로 그와 대면할 나와 닮은 타인들을 위해서라도 그렇다. 다시 이러한 일이 벌어진다고 해도, 나는 그를 고소할 것이다. 나와 닮은 평범한 타인들을, 우리 사회의 평균을 구성하고 있는 당신들을 지키기 위해서다.

앞으로도 당신이 가진 연약함을 조롱하고 모욕하는 이들이 반드시 나타날 것이다. 그러한 폭력에 당장 대처할 수 없더라도, 이것을 기억하고 용기를 낼 수 있으면 좋겠다. 무례한 이들에게는 모욕의 책임을 지게 해야 할 책임이, 우리에게 있다.

언젠가 만나야 할 당신이 상처받지 않고 잘 살아가기를 바란다. 스스로를 지켜 나가며 어느 좋은 날 서로에게 다다를 수 있기를 바란다.

4

느슨하게 당신과 만나기,
몰뛰작당 프로젝트

AIRLINE TICKET

FLIGHT:
A 0198

GATE:
A12

SEAT:
29B

Passenger Name:
Minseop Kim

BOARDING PASS
Airports Company

원더키디 키즈가 맞이한
2020년

○ 2020년의 첫날에 나는 『2020 우주의 원더키디』라는 만화 영화를 보았다. 주인공인 소년 아이캔은 아버지를 구하기 위해, 그리고 우주 평화를 지키기 위해 친구들과 힘을 합쳐 외계 종족과 싸운다. 나는 KBS 유튜브 공식 채널에 올라온 원더키디의 전편을 제법 경건하게 시청했다. 왜 그랬느냐고 하면 그것이 2020년을 맞이하는 1980년대 초반생의 올바른 자세였다고 말하고 싶다. 만화가 처음 방영되던 1989년에 나는 일곱 살이었다. 비행 로봇을 타고 바주카포를 연사하는 아이캔의 모습이 나에게는 경이롭게 남았다. 원더키디는 나의 세대가 경험한 최초의 우주였다. 그래서 우리는 2020년이 되면 우주선을 타고 미지의 행성에 갈 수 있다고 믿었다. 어차피 30년이나 남아 있었으니까 무엇을 상상하든 괜찮았다. 우주에도 가고, 들고 다니는 컴퓨터나 전화기도 나오고, 물도 사 먹고. 그러고 보니

열 살 남짓했던 때 "30년 뒤의 미래를 말해 보세요." 하는 담임 교사의 말에 모두 우주여행이나 청소를 도와주는 로봇 같은 것을 발표할 때 "물을 사 먹을 것 같습니다."라고 답했던 학생이 있었다. 그의 말이 끝나자마자 나도 다른 학생들도 교사까지도 모두가 크게 웃었다. 사실 그의 말이 가장 정확했는데. 그 종찬이라는 친구는 뭘 하고 있을까. 생수 회사를 차려서 돈을 많이 벌고 있으면 좋겠다. 무엇보다도 원더키디는 나의 세대가 경험한 최초의 디스토피아적 미래이기도 했다. 그래서 우리는 미래가 별로 아름답지 않을 수도 있겠다는 막연한 두려움을 함께 가졌다. 그러니까 2020년은 약속의 숫자와도 같은 것이었고, 우리는 그 기대와 두려움을 공유하는 원더키디 키즈라고 해도 될 만하다.

내가 굳이 「원더키디」라는 만화를 본 것은, 어린 시절의 나와 작별하기 위한 작은 의식이었는지도 모르겠다. 그러나 나는 그러한 의도와는 달리 아홉 살의 김민섭 씨로 다시 돌아가고 말았다. 2020년이 되었지만 내가 기대하거나 두려워하던 미래는 아직도 도래하지 않았고 나 역시 내가 상상하던 어른이 되지 못했다. 그래서 나는 새해에 마음을 다잡았다. 그래, 올해에는 아이캔이 되어 보는 거야. 글도 잘 쓰고, 책도 잘 만들고, 새롭게 시작한 일도 잘되면 좋겠고, 민망하지만 '그것'도 꼭 성공해야지. 굳이 만화에서의 배역을 정하자면 나는 아이캔이 스쳐 지나갈 우주인 중 하나겠으나 전에 없이 원대한 몇 가지 꿈과 함께 2020년을 시작했다.

그러나 얼마 후, 우주 전쟁에 준하는 디스토피아가 찾아오고야 말았다. 코로나19라는 바이러스가 중국 우한에서 발견되었다고 했다. 그때만 해도 그런가 보다 싶었다. 그러나 백신도 치료제도 없다는 그 바이러스가 전 세계적으로 퍼져 나갔고 한국의 모 도시에서도 확진자가 급격히 늘었다. 모든 뉴스 속보가 코로나에 대한 것이었다. 아니, 이게 무슨 일이야. 나는 아직 아이캔이 될 준비가 되어 있지 않았다. 정말로 우주 괴물이 지구를 침공했다고 하면 나는 "아아, 역시 2020년이야. 내 이럴 줄 알았어." 하면서 대한민국 민방위로서의 소임을 다했을 것이다. 적어도 눈에 보이는 실체라도 있고 그에 맞서 싸울 무기를 받았을 테니까. 그러나 코로나 앞에서는 나를 비롯한 모두가 무기력했다. 할 수 있는 일이라고는 마스크를 쓰는 일이 고작이었다. 사람들은 약국 앞에 길게 줄을 섰으나 그나마도 모두 품절이었다. 다행히, 아니 다행이라고 하면 안 되겠지만, 미세 먼지가 심하면 쓰려고 사 둔 마스크 몇 개가 있어서 우선 그것을 쓰기로 했다.

2020년 2월 20일, 국내에서 첫 번째 코로나 사망자가 나왔다. 뉴스 속보를 보고 마스크를 쓰고 밖으로 나가려다가 '이래도 되나.' 하는 마음이 들었다. 발걸음이 잘 떨어지지 않았다. 버스에서 지하철에서 카페에서 식당에서 누군가를 만나는 동안 나는 계속 감염의 위험에 노출될 것이다. 처음으로 외출의 공포가 찾아왔다. 문을 열면 우주 괴물 같은 것들이 기다리고 있을 것 같았다. 나를 지켜 줄 무기라고는 비행 로봇도, 바주카포도 아닌 고작 황사 마스크 한 장. 지금 꼭 나가야 하나, 우주의 평화를 지키는 것만큼 중요한 일인가, 하고 고민하다가 여전한 두려움을 안고 집에서 나섰다. 그러는 데까지 걸린 시간은 불과 몇 초뿐이지만 마음의 시간과 몸의 시간은 다르게 흐른다. 실로 전에 없던 종류의 공포였다.

약속 장소로 가기 위해서 버스를 탔다. 거리의 일상은 달라지지 않았지만 많은 사람들이 마스크를 쓰고 있었다. 저마다가 크고 작은 두려움을 가지고 외출했을 것이다. 몇 정거장을 지났을 때, 내 옆에 중국인으로 보이는 여성이 앉았다. 이 바이러스가 중국에서 왔다고 했다. 나는 티를 내지는 않았지만 그때부터 그가 몹시 신경 쓰이기 시작했다. 그가 바이러스도 아닌데, 한국에 있는 그가 특별히 더 감염에 노출되었을 거라는 확신도 없는데, 나의 공포심은 점점 커져 갔다. 그가 몇 차례 기침을 했을 때 공포는 절정에 달했다. 아직 내려야 할 정거장이 남아 있었지만 나는 거의 하차 벨을 누를 뻔했다. 그러지 않는 대신 나는 그와 멀어지기 위해 온 힘을 다했다. 서로의 무릎이 닿을 만큼 좁은 좌석에서 어떻게든 반대로 몸을 구겨 넣었고, 그의 숨결에서 멀어지기 위해 일부러 먼 데를 보았다.

버스에서 내리고 나서야 안도감과 함께 약간의 시차를 두고 나에 대한 환멸 비슷한 것이 올라왔다. 내가 뭐라고 내 옆에 앉은 평범한 사람을 바이러스 대하듯 했다. 그가 단순히 중국인처럼 보인다는 것이 이유의 전부였다. 그런 마음은 어떤 형태로든 그에게 전해졌을 것이다. 그 시기에 유럽에 사는 한국 사람들이 욕설이나 조롱의 대상이 되는 일이 많아졌다고 했다. 동양인이기 때문이었다. 내가 유럽에 있었다면 '어떻게 그럴 수가 있어, 동양인이라는 이유로 이런 모욕을 받다니, 저 사람들 정말 야만스럽다.' 하는 마음이 되었겠지만, 오늘 내 옆에 앉은 그의 마음도 비슷했을지 모른다. 바이러스가 먼저, 그리고 더욱 광범위하게 감염시키는 것은 사람의 몸보다도 오히려 마음이었다. 나의 마음에, 그리고 사람들의 마음에, 어느새 혐오와 단절이라는 단어가 자리 잡았다. 방역 당국에서는 마스크를 쓰고 손을 잘 씻고 여러 사람과 실내에 머무르지 않으면 몸

의 감염을 예방할 수 있다고 했지만 마음을 예방하는 방법
에 대해서는 누구도 알려 주지 않았다. 나의 두려움은 집
에서 나설 때보다도 조금 더 커졌다.

　나뿐 아니라 우리 모두는 조금씩 코로나에 마음이 감염
되어 가고 있는 듯했다. 확진자가 나올 때마다 언론은 그
들의 동선을 공개했다. 몇 시에 어디에서 누구를 만나고
무엇을 먹고 다시 어디로 갔는지. 그에 더해 성별, 나이, 지
역, 종교까지도 모두 알 수 있었다. 방역 당국이나 지자체
에서 제공한 자료만으로도 방역과는 무관한 그의 사생활
을 충분히 재구성해 볼 수 있었다. 그래서 누군가를 두고
는 불륜이 의심된다며 '모 지역 확진 불륜남'이라고도 했
고, 누군가를 두고는 새벽 첫차를 타고 우유를 배달하는
고단한 삶이라며 동정하기도 했고, 누군가를 두고는 너무
많이 돌아다녔다며 손가락질하기도 했다. 확진자가 다녀
간 식당에도 '코로나 식당'이라는 이름이 붙었다. 우리는
왜 타인이 동의하지 않은 일상을 있는 그대로 드러내고 혐
오하고 동정했을까.

　내가 들어간 아파트 입주민 단톡방에서도 확진자의 동
선을 공유하며 여러 말들이 오갔다. 내 기억으로는 정말
드물게 완벽한 동선표였다. 그가 어느 동에 살고 있는지,

어디에서 밥을 먹고 커피를 마셨는지, 그가 일주일 동안 어니에서 무엇을 했는지를 분 단위로 알 수 있었다. 익숙한 동네의 이름과 상호들이 거기에 있었다. 그의 일상을 모두 함께 살폈고 나도 거기에 동참했다. 이제 수백 명의 사람들이 그를 향해 한마디씩 해야 할 참이었다. 그때 누군가가 그가 특정 주유소에 일주일 동안 세 번이나 들렀다면서 "저기가 기름 맛집인가 봐요." 하고 말했다. 그러자 누군가가 "저기가 직영이라 싸서 저도 자주 들릅니다." 하고 그 말을 받았고, 몇몇이 그 주유소에 가야겠다고 했다. 또 누군가는 그가 간 순댓국집을 두고 "아, 여기 저만 아는 맛집인데 이분도 다녀가셨네요. 유명해지면 안 되는데요." 하고 말했다. 나는 그 순간, 작은 희망을 보았던 것 같다. 굳이 거기에 더 가자고 말하기는 조심스러웠을 것이나, 확진자가 다녀간 곳이니까 가지 말자고 하는 사람은 아무도 없었다. 적어도 그곳이 어떤 방식으로든 타격을 입을까 염려하면서 저마다 다정한 말들을 보냈다. 이것이 모두가 가지고 있는 마음의 항체일 것이다. 우리는 이처럼 작은 공동체에서부터 바이러스에 저항하고 있었다. 서로의 마음을 북돋우며, 인간다움을 잃지 않으며.

몸의 항체는 연구하고 개발해 낸 백신으로만 얻을 수 있다. 일상을 회복할 수 있는 유일한 방법일 것이다. 그러나 마음의 항체는 모두에게 이미 존재하고 있다. 사람과 사람의 마음이 이어지고 그렇게 타인을 감각하게 되는 순간들이 우리가 바이러스를 이겨 내는 데 백신만큼이나 중요한 역할을 하는 게 아닐까. 그 마음의 항체는 의사나 간호사가 아니더라도 말과 태도로써 누구나 타인에게 접종할 수 있다. 원더키디의 세계에서도 가장 무서운 무기는 모두가 손에 넣고자 한 '신비한 메달'이 아니라 사람의 마음이었다. 사랑하는 이들이 보낸 다정함이 결국 모두를 구원해 냈다.

다행히, 그 봄의 바이러스는 조금씩 수그러들었다. 확진자의 수가 계속 줄었고, 더 이상 줄을 서서 마스크를 사지 않아도 괜찮았고, 사람들은 조금이나마 마음의 여유를 회복했다. 적당한 두려움과 긴장 속에 원더키디 키즈에게는 조금 더 가혹했던 2020년의 봄이 지나가고 있었다.

올해의 목표는
보디 챌린지

○ 2020년에 내가 세운 목표 중 '그것'은 민망하지만 '다이어트'였다. 아이캔이 옆에서 들었다면 "아이참, 뭐예요, 저는 아버지를 구하러 혼자서라도 가겠어요." 하는 90년대 만화 영화 특유의 감성을 담은 대사를 하는 에어스타(자신의 우주선)를 타고 떠났을 것만 같다. 그러나 원대한 목표도 몸이 건강해야 이룰 수 있는 법이다. 내 키에 맞는 적정 몸무게가 68킬로그램이라고 하는데 그때 나의 몸무게는 82킬로그램이었다. 적정이라는 기준은 대개 가혹하기 마련이지만 14킬로그램이나 차이가 나는 데는 문제가 있다. 그러니까 분명한 비만이었다. 건강을 위해서라도 적어도 70킬로그램대 초반으로 몸을 만들고 싶었다.

나는 아주 오랜만에 헬스장을 찾았다. 집에서는 조금 거리가 있지만 저렴하고 시설이 좋고 규모가 큰 곳이었다.

나는 입구에서부터 어떻게 해야 할지 몰라서 안을 기웃거렸다. 나는 이런 곳에 오면 주눅이 든다. 내가 뭐라고 이런 대단한 곳에 왔지, 여기에 나의 자리는 없겠지, 애초에 나와 어울리지 않는 곳이지, 하고 아주 작아져서 눈치를 보게 된다. 그런 나의 한심한 모습을 보고 트레이너로 보이는 사람이 다가왔다. 어떻게 오셨느냐고 해서 운동을 하러 왔다고 하니까 그는 나를 반갑게 맞이하고 데스크로 안내해 주었다. 그에게 상담을 받던 나는 '보디 챌린지'라는 이벤트가 며칠 뒤에 시작된다는 것을 알았다. 100일 동안 가장 많이 감량한 사람에게 현금 100만 원과 해외여행 상품권을 준다고 했다. 정확히는 시작할 때와 끝날 때의 인바디 수치를 측정해서 체지방량이 0.1킬로그램 줄었을 때마다 +1점, 근육량이 0.1킬로그램 늘었을 때마다 +1.5점, 하고 점수를 매기는 방식이었다. 10만 원의 참가비는 조금 비쌌지만 전문 트레이너에게 받는 세 번의 PT(개인 트레이닝)가 포함되어 있었다. 사실 헬스라든가 PT라든가 챌린지라든가 하는 단어가 모두 익숙지 않았다. 원래는 그런가 보다 하고 넘어갔어야 할 일이다. 그러나 트레이너의 권유에 왠지 귀가 팔랑거렸고, 정신을 차려 보니 이미 참가비를 납부한 후였다.

며칠 뒤, 인바디 수치를 측정하기 위해 헬스장을 찾았

다. 사실 나는 전날 일부러 이것저것 많이 먹었다. 피자 두 판을 먹었고 아침에는 메슥거리는 속에 다시 편의점 도시락과 라면을 밀어 넣고 물도 많이 마셨다. 그래야 체중이 늘어나 챌린지에 유리할 것이었다. 기왕 시작한 것, 순위권에 들어 보고 싶었다. 그러나 지금 돌아보면 참 미련한 짓이었다. 나중에 알았지만 인바디 측정 전에 나트륨이 많은 음식을 먹으면 체지방량은 감소하고 근육량이 증가한다고 한다. 역시 사람은 위법이나 편법으로는 흥할 수 없는 법이다. 나의 인바디 측정값을 본 트레이너는 "어, 보기보다 근육량이 상당히 많네요! 34킬로그램이면 많은 거예요." 하고 말했다. 아, 그러면 안 되는데. 저어, 선생님, 굶고 와서 다시 재면 안 될까요.

나에게는 나와 나이가 비슷한 남자 트레이너가 배정되었다. 그는 단단한 몸과 선한 얼굴을 동시에 가지고 있는 사람이었다. 나는 그를 선생님이라고 불렀다. 대학원에서 나온 이후 아주 오랜만에, 시간을 정해 두고 무언가를 배울, 선생님이라고 불러야 할 사람이 생겼다. 관용적 의미로서의 선생님이 아니라 정말 선생님이었다. 나는 설레기 시작했다. 이 사람이 나에게 뭐라고 하든 그대로 다 배워야지. 나보다 많이 아는 사람을 만나는 건 즐겁고 감사한 일이다. 그는 나를 회원님이라고 불렀다. 그 호칭은 태어나서 처음 들어 보는 것이었다. 적당한 거리감과 소속감이 함께 느껴졌다. 제가 돈을 내는 동안은 우리 함께 가는 거군요! 트레이너는 나에게 열심히 해 보자면서 주먹을 내밀었고 나는 거기에 나의 주먹을 부딪혔다.

　다음 날, 나는 PT를 받기 위해 아침 7시에 헬스장을 찾았다. 수십 명의 사람들이 운동을 하고 있었다. 아침부터 운동하는 사람들이 이렇게 많다니. 아침반 사람들은 서로 몸에 익은 인사를 했고, 온도가 정해진 이야기를 나눴고, 운동에 대한 참견도 했다. 왠지 몇몇은 헬스장에서의 이름이 있을 것처럼 개성이 넘쳤다. 나는 그중 한 사람에게 '털보 아저씨'라는 마음의 별명을 붙여 주었다. 나는 그들 사이에 살갑게 스며들지 못할 것이고 거창하게 생긴 운동 기구들 옆에 잘 다가서지도 못할 테지만, 다행히 내 곁에는 담당 트레이너가 있었다. 누구의 눈치를 볼 필요 없이 그가 하라는 대로 운동만 하면 될 것이다. 그러나 작은 문제가 있었다. 전날 저녁에 무거운 물건을 옮기다가 그만 허리를 삐끗하고 말았다. 겨우 걸을 수 있을 정도로 허리가 아팠지만, 첫날부터 아파서 못 나가겠다고 하는 건 너무 불성실한 거짓말인 것 같아서, 간신히 참고 헬스장에 서 있었다.

　트레이너는 6시에 온 성실한 회원들과의 PT를 거의 끝낸 참이었다. 나에게 자전거를 타고 있으면 곧 오겠다면서, 나의 체격에 맞추어 자전거 안장의 높이를 조정해 주고 항속 몇 킬로미터를 유지하라고 말해 주었다. 나는 선생님의 말이라면 잘 듣는 편이다. 사실 대학원에서 배우는 것이라고는 나보다 많이 아는 사람의 말을 경청해야 한다는 게 다였다. 짧은 지식으로 여기저기 기웃거리다 보면 곧 웃음거리가 되고 만다. 헬스장은 내가 만난 새로운 강의실이고 트레이너는 나의 지도 교수였다. 아, 네, 알겠습니다. 제 다리가, 아니 허리가 부러지더라도 이 항속은 유지하고 말겠습니다. 5분 동안 화면을 보면서 쉬지 않고 페달을 밟았다. 이제 더하면 죽을 수도 있겠는데 싶을 즈음에 그가 나타났다. 그는 옆에서 나를 관찰하다가 "회원님, 평생 운동 한 번도 안 해 보셨죠?" 하고 물었다. 그렇다고 하자 그는 "회원님처럼 근육이 없는 사람은 오랜만에 봤어요." 하고 조금 심각한 표정을 지었다. 그는 선한 표정을 하고 있으면서 그만큼 솔직한 사람이기도 했다. 나는 그에게 허리가 아프다고 말하려다가 그만두었다.

그는 나에게 이제 헬스의 기본을 배우러 가자고 했다. 헬스의 기본이라고 하니 설렜다. 나는 그를 따라서 전면 거울이 있는 곳으로 갔다. 그는 바벨을 세팅하고는 그 앞에 일본의 스모 선수처럼 앉아서 "자, 이건, 데드 리프트라는 겁니다. 스모 데드 리프트를 먼저 배워 볼게요." 하고 말했다. 그는 그 자세 그대로 바벨을 들고 일어나서 허리와 무릎 사이에 두고 잠시 숨을 고르고는 다시 내려놓았다. 바벨이라고 하면 머리 위로 들어 올리는 것만 생각했던 나에게 사실 우스꽝스러운 모습이었다. 별로 운동이 될 것 같지 않았다. 그러나 그는 이것만 해도 헬스를 하는 것이라고, 코어 근육을 단련할 수 있는 가장 좋은 운동이라고 했다. 나는 그처럼 다리를 벌리고 허리를 쭉 펴고 앉아서 바벨을 잡았다. 숨을 한 번 고르고, 그가 알려 준 대로, 일어나는 힘으로 그것을 뽑아내듯 들어 올렸다. 그 순간 나의 허리에서 굉장한 소리가 났다. "아, 아, 허리. 허리." 하고 호들갑을 떨고 바벨을 내려놓으니까 트레이너가 놀라면서 아니 이게 그렇게 무거웠나요, 여자 회원님들도 다 드는 무게인데요, 하고 물었다. 그는 '고작 이걸로.' 하는 표정을 하고 있었다. 억울해진 나는 사실 며칠 전 허리를 삐끗했다고, 그래서 걷기도 힘든 상태라고 답했다. 그는 아이고, 하는 탄식을 내뱉고는, 오늘의 PT는 여기에서 마무리하자고, 그러나 30분 정도 시간이 남았으니 자신이 남은 시간 동안 마사지를 해 주겠다고 했다. 나는 양치기 소년이 된 마음으로 그의 뒤를 따랐다. 그의 안내에 따라 마무리 운동을 하는 매트에 누웠고, 그는 내 위에 올라가서 꽤 오랜 시간 동안 허리를 꾹꾹 눌러 주었다. 그러는 동안 왠지 이게 나의 헬스장에서의 마지막 모습이 아닐까, 싶었다. 트레이너의 마음도 비슷하지 않았을까 한다. 곧 챌린지를 포기하고 다시 보지 못하게 될 한 사람에게 작별 인사를 겸해, 그렇게 섬세하게 마사지를 해 주지 않았을까.

나는 아픈 허리를 한 손으로 잡고 간신히 헬스장에서 나왔다. 우선 허리를 돌보기로 했다. 다음 PT를 일주일 후로 잡았으니까 그때까지는 회복해야 했다.

◦◦◦

헬스장에는
자신을 돌볼 여유가
좀 더 있는 사람들이 남았다

○ 나는 일주일 만에 다시, 트레이너와 약속한 시간보다도 10분 일찍 헬스장을 찾았다. 다행히 허리는 거의 나아 있었고, 방역 당국에서는 마스크를 하고 일상생활을 영위하라는 지침을 발표했다. 나는 KF94 마스크를 하고 자전거 위에 앉아서 첫날 카카오톡에 메모해 둔 항속에 따라 페달을 밟았다. 나를 발견한 트레이너는 큰 눈을 조금 더 크게 뜨고 '아니, 나오실 줄 몰랐습니다.' 하는 표정으로 나에게 인사해 왔다. 그는 내가 항속 운동을 성실히 하고 있는 것을 보고는 "오 회원님, 좋아요. 마지막 30초 동안 있는 힘을 다해 밟아 볼까요. 여기 숫자를 100까지 한 번 끌어올려 보세요." 하고 말했다. 아니 선생님, 이미 있는 힘을 다해 밟았습니다.

나는 모니터의 숫자를 120까지 올렸다. 지난주에는 정말로 허리가 아팠다는 것을 증명해야만 했다. 트레이너는 나의 자전거 기록에 꽤 만족한 것 같았다. "회원님, 생각보다 말 근육이시네요."라고 한 것이다. 이만큼 밟을 수 있으면 자신이 PT를 해 준 사람들 중 상위 10퍼센트 안에 든다고 했다. 나는 나도 모르게 '오' 하고 입을 동그랗게 하고는 웃었다. 그만큼 기분이 좋아졌다. 몸에 대한 칭찬을 들어본 것이 오랜만이었다. 누군가가 나에게 책을 잘 읽으시네요, 글을 잘 쓰시네요, 말을 잘하시네요, 하고 말을 건넨 기억은 있지만 '말 근육'이라니. 운동장에서의 나는 별로 환영받는 존재가 아니었다. 대학 새내기 때 사학과 축구를 할 때도 선배들은 "야, 민섭이는 저기에서 사진을 찍어라. 축구를 너무 못 하게 생겼다." 하고 말했다. 국문과에 모인 순둥순둥한 얼굴들 중에서도 나의 얼굴은 독보적이었다. 그래서 나는 응원석에서 디지털카메라로 사진을 몇 장 찍고 뒤풀이 자리에 가곤 했다. 어쩌면 나는 내 몸에 대한 칭찬을 듣고 싶었는지도 모른다. 너 근육이라는 게 있구나, 너 힘이 세구나, 너 운동을 잘하는구나, 너 잘 달리는구나, 하는. 그런 나에게 헬스장은 나의 인정 욕구를 채워 주는 실로 희귀한 곳이었다. 나는 그때 헬스장에 계속 나와야 할 이유와 동력을 얻었다. 아아, 하루에 한 번 나의 몸에 대한 칭찬을 들을 수 있다면 나는 계속 헬스장을 찾을 수 있을 거야.

트레이너는 나에게 데드 리프트를 하러 가자고 하다가 내가 허리를 다쳤던 것을 기억해 내고는 당분간 상체 운동을 주로 하자고 말했다. 이날은 헬스장에 있는 여러 기구의 사용법을 배웠다. 사실 가르쳐 주는 사람 없이도 직관적으로 사용할 수 있는 것들이었다. 그러나 그는 기구에 앉는 자세, 기구를 밀고 당기면서 가져야 할 호흡법, 운동의 사이클 같은 것을 친절하게 알려 주었다. 되는 대로 앉아서 당기고 밀고 힘들면 쉬는 것이 아니었다. 가령 '랫 풀다운'이라는 운동 기구는 허리를 쭉 펴고 앉아서 바의 중간쯤 되는 곳의 작은 선에 두 번째 손가락부터 말아 끼우고, 당기면서 숨을 내쉬고 놓으면서 숨을 들이쉬고, 그렇게 20회를 어떻게든 해내고 1분 동안 휴식하는 한 세트를 세 번 반복해야 했다. 나는 그를 선생님이라고 부르면서 그가 하라는 것을 해 나갔다. 런지, 스쿼트, 체스트 프레스, 로잉 같은 것들이었다. 잘했다고는 할 수 없지만 적어도 그의 말을 경청하고 최대한 하라는 대로 했다.

운동의 한 세트는 대개 20회였지만 그 숫자는 몇 개씩 더 올라가곤 했다. 트레이너는 바를 당기는 내 옆에 서서 "회원님 좋아요, 자 열아홉, 스물, 좋아, 라스트 하나 더, 좋아, 진짜 라스트로 하나만 더, 할 수 있으면 마지막 하나 더." 하고 자꾸 목표를 상향시켰다. 정말 할 수 없겠다 싶을 때 하나 더 하는 것이 몸을 만들어 준다고 했다. 나는 최대한 힘든 티를 내지 않으려 노력하며 그에 따랐다. 그러다가 정말 안 되겠으면 "저어, 팔이 안 움직입니다."라고 말하거나 더 이상 당기지 못하고 허우적거렸다. 그러면 그는 "할 만큼 했어, 1분 쉬세요." 하고 말했다. 나는 몸을 회복하기 위해 늘어졌고 트레이너는 그런 나를 격려했다. 1분은 이야기를 나누기 적당한 시간이었다. 그는 자신이 왜 헬스 트레이너가 되었는지, 어려웠던 시기에 몸을 키우기 위해 무엇을 먹었는지, 자신의 어린 딸이 얼마나 예쁜지, 대형 체육관의 트레이너로 일하는 데는 어떠한 기쁨과 슬픔이 있는지, 자신에 대한 처우가 어떠한지, 하는 말들을 적당한 온도로 전해 왔다. 우리는 선생님과 회원님이면서 그 시간에는 잠시 친구가 되었다. 그는 몸만큼이나 마음도 건강한 사람이었고, 그래서 이야기를 나누다 보면 나의 마음도 건강해지는 것 같았다. 나는 그 덕분에 좋은 트레이너란 몸의 근육뿐 아니라 마음의 근육을 함께 북돋는 사람인 것을 알았다.

그날의 운동이 끝났을 때, 트레이너는 나에게 두 번째 칭찬을 해 왔다. 평생 운동을 안 해 본 회사원처럼 보였는데, 이렇게 잘 따라올 줄 몰랐다고 했다. 그래서 나는 그가 묻지도 않았는데 "저, 고등학교 때 체력장 하면 제자리멀리뛰기하고 던지기는 항상 1등이었어요." 하고 자랑했다. 실제로 나는 학교의 누구보다도 멀리 뛸 수 있었고 누가 가르쳐 주지는 않았지만 공을 멀리 던지는 법을 알았다. 고2 시절 체력장 기록은 제자리멀리뛰기가 275센티미터, 던지기가 55미터였다. 트레이너는 나에게 "와, 역시 그랬군요!"라면서 맞장구를 쳐 주었다. 그는 나의 몸을 살펴보고 평가하고 인정해 준, 어쩌면 내 인생의 첫 번째 사람이었다. 왠지 그와 함께라면 뭐든 할 수 있을 것만 같았다. 한껏 들뜬 나는 높고 빨라진 목소리로 "저어, 선생님, 챌린지 순위권에 들 수도 있지 않을까요!" 하고 물었다. 그는 그 순간 나의 눈을 피하며 "어, 음, 회원님. 우리 그런 건 생각하지 말고 천천히 꾸준하게 건강을 위해서 한다고 생각해 봐요." 하고 어색하게 답했다. 그러면서 "챌린지 PT 하는 회원님들 중에 100킬로그램이 넘는 분들이 있어요. 이분들은 운동하면서 숨만 쉬어도 몇 킬로그램씩 빠집니다. 우승 후보는 따로 있으니까 우리는 길게 보고 가요." 하고 덧붙였다. 나는 곧 풀이 죽고 말았지만 동시에 작은 오기가 생겼다. 그럼 제가 1등 하면 되잖아요. 그 순간 나는 아버지를 구하겠다고 폭주하던 아이캔으로 진화했다. 아이캔이 우주 괴물을 물리칠 것이라고 누구도 예상하지 못했듯, 나도 꼭 순위권에 들고 말 것이다.

트레이너에게 인사를 하고 나오려다가, 나는 헬스장의 분위기가 이전과 다른 것을 알았다. 모두 마스크를 쓰고 있다는 것 말고도 풍경이 많이 달라져 있었다. 우선은 사람이 별로 없었다. 털보 아저씨와 그의 친구들은 여전히 그 자리에 있었으나 수십 대의 러닝 머신 위에 사람이 거의 보이지 않았다. 나는 트레이너에게 "사람이 많이 준 것 같아요." 하고 말했다. 그는 나에게 "아, 코로나 이후에 못 나오는 분들이 많아졌어요. 저도 제가 관리하는 PT 회원 중 몇 분이 못 나오고 있는데, 다 애기 엄마들이에요." 하고 답했다. 손에 든 차트를 손가락으로 가리키면서는 "아, 이분은 진짜 열심히 하다가 챌린지에도 참가한 분인데 너무 안타까워요." 하고 혼잣말을 했다. 나에게 코로나는 헬스장에 나오지 않을 핑계이자 선택의 문제였지만, 누군가에게는 헬스장에 나올 수 없는 이유이자 생존의 문제였다. 트레이너가 '애기 엄마'라고 한, 육아를 하는 여성들은 아이를 어린이집에 보내고서야 운동을 한다든지 공부를 한다든지 하는, 자신을 돌볼 여유를 가졌을 것이다. 그러나 코로나로 인해 많은 어린이집이 문을 닫았다. 아이를 데리고 헬스장에 올 수는 없는 일이다. 그들은 이제 24시간 동안 아이를 돌봐야 하는 몸이 되었다.

결국 코로나가 먼저 무너뜨리는 것은 약자들이다. 그들의 연약함은 평소에는 잘 드러나지 않는다. 모두가 자신을 돌보며 잘 살아가고 있는 것처럼 보인다. 많은 사람들이 우리 사회는 별 문제가 없는 것 같다고, 썩 괜찮은 것 같다고 믿게 된다. 그러나 자신도 잘 모르는 아슬아슬한 줄타기를 하며 간신히 버텨 온 사람들이 있다. 아슬아슬한 육아를 해 온 사람들, 아슬아슬한 노동을 해 온 사람들, 아슬아슬한 관계를 유지해 온 사람들, 그렇게 아슬아슬하게 버텨 온 연약한 사람들은 예고 없이 일상을 뒤흔드는 디스토피아의 첫 번째 희생양이 된다. 그들이 가장 먼저 포기하는 것은 스스로를 돌볼 여유다. 자신을 위해서 하던 작은 돌봄, 그러니까 취미 생활이나 운동이나 공부나 자신에게 소소한 행복과 만족을 주던 무엇과 멀어지게 되는 것이다. 마치 약속이나 한 것처럼 헬스장에서 그들의 모습이 사라졌다.

내 앞에서 '애기 엄마'에 대한 안타까움을 드러내던 트레이너도 다르지 않았다. 며칠 뒤, 그는 나에게 자신의 PT가 괜찮았다면 10회 PT권을 결제해 줄 수 있을지, 그리고 일주일 내로 결제해 줄 수 있을지를 물어 왔다. 이유를 물어보니 한 달에 몇 명 이상의 회원을 유치해야 자신이 헬스장으로부터 월급을 받을 수 있다고 했다. 과연 내가 결제를 하지 않으면 그가 받을 기본급으로는 자신의 가족을 책임지기 어려워 보였다. 그는 나에게는 선생님이면서 집에서는 아내와 아이를 부양해야 할 가장이었다. 그도 눈에 보이는 육체의 건강함과는 별개로 아슬아슬한 처지에 놓여 있었던 것이다. 나는 무료 PT 3회를 마치고 나면 개인 운동으로 전환하려 했지만 50여 만 원을 들여 10회 PT권을 결제하고 말았다. 이것이 애초에 이 챌린지가 가진 상술이라거나 그가 나에게 동정을 구한 것이라고 해도 상관은 없었다. 그는 좋은 사람이었고 그가 처한 구조적인 처지도 모두 진실이었다. 무엇보다도 나를 위한 일이었다. 평생 가져갈 운동의 방법을 배우고 내 몸에 대한 인정과 칭찬을 받는 비용이라고 하면 충분히 지불할 만했다. 그러나 그것이 나의 마지막 사치가 되었다. 이번에는 내 차례였다. 코로나가 계속되는 가운데 학교, 도서관, 기관, 독서 모임 등에서 해 오던 독자와의 만남 자리가 모두 연기되거나 취소된 것이다. 돈이 들어올 만한 일이 거의 끊겼다. 결국 애기 엄마도, 트레이너도, 나도, 저마다의 사정은 조금씩 달랐지만, 우리는 코로나보다 많이 약한 사람들이었다. 코로나도 '강약약강', 강자에게는 약하고 약자에게 더욱 가혹했다.

2020년 봄의 헬스장에는 자신을 돌볼 여유가 조금 더 있는 사람들이 남았다. 주로 성인 남성들이었다. 트레이너는 나에게 많은 사람들이 챌린지를 포기했다는 말을 전해 왔다. 그 애기 엄마는 이제 나오지 않는다고 했다. 경쟁자가 많이 줄었지만 나는 기쁘기보다는 차라리 외로워졌다. 운동과 식단 관리의 고단함 때문에 탈락한 이들도 있겠으나 코로나가 그만큼 많은 사람들의 삶을 무너뜨린 것이다. 그리고 나도 곧 일주일에 한 번, PT가 있는 날이 아니면 헬스장을 찾지 않게 되었다. 사회적 거리 두기가 시행됨에 따라 2주 동안 헬스장이 문을 닫기도 했고, 나에게도 실속 없이 바쁜 나날이 계속되었기 때문이다. 그때 내가 일했던 회사는 작가와 독자를 연결하는 플랫폼이었는데, 여기에서도 거짓말처럼 모든 일감이 끊겼다. 2020년의 시작은 모두에게 가혹했다. 특히 연약한 사람들을 순차적으로 무너뜨려 나갔다.

〜✦✦✦〜

아이캔, 보고 있나요
저는 저의 몸과 마음을 구할게요

◦ 나의 트레이너는 기본에 충실해야 한다는 나름의 운동 철학을 가지고 있었다. 코어 근육을 단련해야 한다면서 데드 리프트의 중요성을 계속해서 강조했다. "회원님, 이번에는 스모 데드 리프트를 하겠습니다. 좋아요, 이번에는 루마니안 데드 리프트를 하겠습니다. 자, 이번에는 컨벤셔널 데드 리프트를…." 데드 리프트가 죽도록 들어 올려서 데드 리프트인가 하는 합리적 의심이 생길 지경이었다.

그는 일주일에 한 번만 헬스장에 나오는 나를 위해 집에서 할 수 있는 운동을 몇 가지 알려 주었다. 다행히 데드 리프트 대신 스쿼트라는 운동을 매일 할 것을 숙제로 받았다. 다리를 어깨보다 조금 넓게 벌리고 서서 허벅지가 바닥과 수평이 될 때까지 앉았다가 일어나기를 반복하는 운동이었다. 하라는 대로 하니까 20개를 했을 뿐인데도 허벅지가 빨갛게 달아올랐다. 조금 더 해 보겠다고 쉬지 않고 30개를 했다가 허벅지를 감싸 안고 데굴데굴 굴러다녔다. 그만큼 운동과는 익숙지 않은 몸이었다. 그래도 틈이 날 때마다 스쿼트를 하기 시작했다. 한 번에 20개씩 하다가 나중에는 한 번에 30개나 40개씩 해 나갔다. 단행본 원고를 쓰다가 막히면 일어나서 스쿼트를 했고, 주변에 사람이 없으면 눈치를 보아 스쿼트를 했고, 잠이 안 오면 일어나서 스쿼트를 했다. 응원하는 야구팀의 중계를 틀어 두고 스쿼트를 하다 보면 어느새 500개를 채울 수 있었다. '이번에 안타 하나 쳐 주시면 저 스쿼트 100개 안 쉬고 하겠습니다.' 하고 기도했고, 안타를 못 치면 또 못 치는 대로 분노의 스쿼트를 했다. 항상 하위권에 머물던 팀이 왜 그랬는지, 2020년에는 정규 시즌을 2위로 마쳤다. 덕분에 내하체도 KT 위즈의 성적에 비례해 튼튼해졌다.

트레이너는 나에게 단백질을 많이 먹어야 한다고 조언했다. 탄수화물과 지방은 최대한 적게, 당류와 나트륨도 적게. 요약하면 단백질 함량이 높은 음식을 먹으며 운동해야 근육량이 늘고 체지방량은 줄어든다는 것이었다. 운동만 하고 식단을 하지 않으면 안 된다고, 일반인이 보충제를 챙겨 먹기는 비싸고 어려우니 삶은 계란이나 닭가슴살 같은 것을 많이 먹으라고 했다. 나는 그의 그런 점이 좋았다. "보충제는 비싸잖아요."라는 말을 해 주는 트레이너라니. 나는 선생님이라는 이름을 가진 사람의 말이라면 전적으로 신뢰하는, 그리고 그에 충실히 따르는 버릇이 있다. 나는 좋아하던 다섯 가지의 음식을 당분간 끊기로 했다. 밥, 면, 빵, 과자, 술. 사실 먹지 말라는 게 아니라 줄이라는 것이었으나 나는 "아, 네, 앞으로 그 음식을 절대 먹지 말라는 거군요!" 하고 받아들였다. 사실 인생의 낙이라고도 할 수 있는 음식들이다. 나는 편의점에서 짜장컵라면에 삼각김밥을 섞어 먹는 것을 가장 좋아해서 그것을 '김민섭 정식'이라고 부르기도 했고, 지방으로 강연을 갈 때면 그 지역의 빵집을 검색해서 맛있는 빵을 꼭 사 먹었고, 술을 마실 핑계도 일주일에 한 번 이상은 꼭 만들어 내는 사람이었다. 그러나 나는 정말로 챌린지를 하는 기간 동안 이 음식을 거의 끊었다. 먹고 싶을 때면 '난 그것들의 맛을 다 알고 있고 이미 남들보다 많이 먹었다.' 하고 마음을 다스리면서 스쿼트를 몇 세트 더 했다.

그래도 완전히 끊었다고 하면 거짓말이고, 일주일에 한 번쯤은 탄수화물이나 지방이 비교적 적은 삼겹살이나 회 같은 것을 먹었다. 이것을 칫밀(cheat-meal)이라고 한다고 했다. 친구가 나에게 칫밀 데이를 가져야 하지 않느냐고 해서 나는 그것을 '친밀', 밀가루와 친하게 지낸다는 뜻으로 받아들였다. 나는 모르는 것에 대해 모른다고 하면 되는데 적당히 넘겨짚을 만하면 "아, 나도 그거 알아!" 하고 대화에 동참하는 나쁜 버릇이 있다. 그래서 칫밀 데이를 말하는 친구에게 나도 그거 안다고, '친밀'이니까 '-절'을 붙여서 '친밀절'이라고 하는 게 맞지 않느냐고 진지하게 말했다가, 국문학 전공자가 아니면 차마 할 수 없는 참신하고 무식한 발상이라는 평을 들었다.

나는 아침에는 요거트와 블루베리와 견과류를 먹었고, 점심에는 회사 근처의 샐러드 가게로 갔고, 저녁에는 닭가슴살과 브로콜리와 치즈를 먹었다. 닭가슴살과 브로콜리와 블루베리는 평생 내 돈 주고 사 먹어 본 일이 없는 음식이었다. 솔직히 말하면 그런 걸 어디에서 파는지도 잘 몰랐다. 마트에서 닭가슴살을 찾는 데 실패했고 주먹만 한 브로콜리를 사서 물에 데쳤다가 절반은 먹지도 못하고 버리고 말았다. 헬스를 열심히 하는 친구에게 그런 음식은 어디서 구하느냐고 물어보자 그는 마켓컬리를 이용하라고 했다. 그의 초대 링크를 받아 들어간 마켓에는 닭가슴살로 만든 스테이크, 소시지, 육포, 냉동실에 넣어 두고 조금씩 먹을 수 있는 브로콜리와 블루베리 등등이 수십 가지나 있었다. 실로 내가 모르던 세계였다. 나는 샐러드와 닭가슴살과 훈제 달걀과 브로콜리 같은 것을 이것저것 사서 냉장고에 넣어 두었다. 심지어 자기 전에 먹고 싶어 주문

한 것이 다음 날 새벽 5시에 문 앞에 도착해 있었다. 그것을 전자레인지에 돌려서 먹고 설거지하는 데는 10분이 채 걸리지 않았다.

같이 일하는 사람들에게는 100일 동안 함께 점심을 먹기 어렵겠다고 말했다. 나는 회사 근처의 샐러드 식당에 가거나 가끔 단백질 바나 단백질 빵 같은 것을 사 가서 아몬드유와 함께 먹었다. 한번은 함께 샐러드 식당에 갔는데 "오, 여기 생각보다 괜찮군요." 하고 말했던 그들은, 내가 다음 날 다시 권하자 어색하게 웃으면서 따로 먹자고 말했다. 억지로 맛있다고 말하며 함께하지 않아도 될 만큼의 적당한 거리를 유지하고 있다는 것이 좋았다. 나도 그들의 자리에 억지로 따라가서 괜히 밥을 남기거나 하지 않아도 되었다.

트레이너의 제안에 따라 한 가지 운동을 더 시작했다. 달리기였다. 감량을 하는 데 효과가 좋을 것이라고 했다. 나는 집 근처의 체육공원을 아침마다 몇 바퀴씩 뛰기 시작했다. 처음에는 고작 500미터를 뛰고는 너무 힘들어서 주저앉고 말았다. 빠르게 뛴 것도 아니고 남들처럼 뛰었을 뿐인데 나 혼자 마라톤이라도 한 것처럼 요란하게 숨을 고르고 있었다. 핸드폰 러닝 앱의 페이스는 6분 30초/킬로미터, 나는 1킬로미터를 6분 30초에 뛸 수 있는 사람이었다. 이것을 100미터로 환산하면 36초. 그나마도 500미터를 뛰는 게 한계였다. 헬스장에서 기구 운동을 하다 지쳤을 때와는 다른 종류의 자괴감이 찾아왔다. 아아, 내 몸은 정말로 볼품없구나. 원래 3킬로미터를 뛰고자 했지만 나는 1킬로미터를 조금 빠른 걸음으로 걷고는 패잔병처럼 돌아오고 말았다.

다음 날도, 다다음 날도 나는 아침마다 뛰기 위해 공원으로 갔다. 매번 숨을 몰아쉬며 곧 주저앉았지만 뛸 수 있는 거리가 날마다 조금씩 늘어났다. 열흘쯤 지났을 때 나는 1킬로미터를 뛸 수 있게 되었다. 그러나 1킬로미터의 벽을 넘는 게 쉽지 않았다. 400미터 트랙을 두 바퀴 반쯤 돌고 나면 이러다 죽을 수도 있겠다 싶을 만큼 고통스러운 순간이 찾아왔고, 그러면 멈출 수밖에 없었다. 그러던 어느 순간 나의 몸이 나에게 말을 걸어왔다. 더 뛰어야 한다고 다그치거나 나무라는 것이 아니라 더 뛰려면 어떻게 해야 하는지를 알려 주었다. 시작은 6킬로미터 페이스로, 몸이 적응하면 5킬로미터 페이스로, 뛸 만큼 뛰었다고 신호를 보내면 그때는 4킬로미터 페이스로. 네 걸음을 뛰는 동안 2.5번 들이쉬고 0.5번 멈춘 뒤 한 번 내쉬는 호흡으로. 그리고 뛰는 동안은 나의 마음에 집중하기. 그렇게 몸이 알려 준 대로 뛰다 보면 날마다 어제보다 조금 더 빠르게, 조금 더 오래 뛸 수 있었다. 결국 나도 몰랐던, 나에게 알맞은 속도와 호흡법과 마음이 있었던 것이다. 1킬로미터, 2킬로미터, 하는 그 숫자가 중요한 것이 아니라, 거기까지 어떠한 몸이 되어 도달하는지가 중요했다. 그때부터 뛰는 일이 즐거워졌다. 3킬로미터를, 4킬로미터를 뛸 수 있게 됐다. 나는 나의 몸에 귀를 기울이면서, 나에게 온전히 집중하면서 매일 뛰었다.

100일 챌린지가 반환점을 돌았을 즈음에, 나는 5킬로미터를 처음으로 완주했다. 그날만큼 나의 몸이 예쁘고 대견해 보인 일이 없었다. 아니, 나의 몸에 예쁘다거나 대견하다거나 하는 수식어를 붙여 본 일이 처음이었다. 나는 체육공원의 벤치에 홀로 앉아서 러닝 앱에 찍힌 '5킬로미터 달성'이라는 축하 메시지를 한참 바라보았다. 첫 번째 논문이 통과되었을 때도 첫 책을 서점의 매대에서 보았을 때도 그랬다. 자기 자신을 조금 더 사랑하게 된, 한껏 고양된 한 인간은 그런 자신의 마음을 읽어 내며 조용히 웃었다. 나의 몸은 나만이 읽어 낼 수 있는 언어이고 판본이다. 그건 어떤 트레이너도 대신해 줄 수 없는 일이다. 많은 사람들이 "저는 못 뛰어요. 조금만 뛰어도 힘들어요." 하고 말하지만, 누구에게나 알맞은 달리기 방식이 있다. 이 정도는 뛰어야지, 저 사람만큼은 뛰어야지, 하는 마음이 되어서는 안 된다. 자신의 속도로 뛰는 사람의 모습은 느리거나 빠르거나 그 자체로 아름답다. 트랙에서 함께 뛰고 있는 사람들은 대개는 자신에게 신경 쓰기 바쁘다. 나도 뛰는 동안 뛰는 나에게 집중하기 위해 노력했다. 그러다 보면 새롭게 발견한 나에 대한 애틋함에 더해 내가 나를 잘 모르고 있었다는 미안함 같은 감정들이 생겨나곤 했다. 아침마다 뛰는 약 20여 분은 사실 나를 알아 가고 돌보는 시간이었다. 나는 매일 조금씩 더 나를 소중히 여길 수 있게 됐다.

챌린지의 중간 계체는 코로나로 인해 2주가량 연기된 4월 중순에야 이루어졌다. 120일 챌린지가 된 셈이었다. 중간 계체 결과가 나온 날, 트레이너는 전에 없던 들뜬 표정으로, 그 큰 눈을 조금 더 크게 뜨고는 나에게 말했다. "회원님, 중간 계체 결과 회원님이 전체 회원 중 2등입니다, 2등! 순위권은 당연하고 1등도 노려 볼 수 있겠어요!" 체지방량이 20.4킬로그램에서 13.8킬로그램으로 6.6킬로그램 줄었고 근육량은 34.3킬로그램에서 34.2킬로그램으로 0.1킬로그램이 줄었다. 82킬로그램에서 시작한 몸무게는 75킬로그램이 되어 있었다. 내 몸에서 7킬로그램에 가까운 순수한 지방들이 떨어져 나갔다. 1등과 거의 격차가 없는 2등이었다. 내가 그에게 덕분이라고, 잘 가르쳐 주셔서 고맙다고 하자 그는 회원님처럼 하라는 대로 혼자 다 하는 사람은 없었다고, 자신이 한 건 없다고 말했다. 실로 훈훈한 광경이었다. 그는 남은 기간 동안 무게를 더 올려서 데드 리프트를 열심히 하자고 했다. 언제나처럼 기, 승, 전, 데드 리프트로 우리의 운동이 다시 시작됐다. 아참, 그런데 100킬로그램이 넘는 우승 후보들은 다 어디로 갔나요. 아, 그분들은 다 포기하셨습니다, 회원님이 1등 하시면 됩니다.

아이캔, 보고 있나요. 제가 해냈어요. 당신은 아버지와 우주를 꼭 구해요. 저는 코로나에서 이 세계를 구할 수는 없겠지만 적어도 저의 몸과 마음을 구할게요.

‒◦◦◦‒

다시 한 번
김민섭 씨 찾기 프로젝트

◦중간 계체 이후 트레이너가 나를 대하는 분위기나 태도가 조금 바뀌었다. 나는 이제 평범한 회원이 아니라 챌린지 우승 후보였다. 건강을 위한 운동이 아니라 챌린지 우승을 위한 운동이 시작되었다. 데드 리프트를 비롯한 근육 운동을 더 열심히 하는 게 전부이긴 했지만, 그래도 이전보다 그도 나도 조금 더 불타올랐다. 그는 나에게 50일 동안 근육량의 손실 없이 6킬로그램을 더 감량하자고, 그러면 69킬로그램이 되고 틀림없이 1등을 할 수 있을 것이라고 했다. 나는 일주일에 한 번 헬스장에 나가서 그에게 개인 PT를 받고 집에서는 스쿼트와 달리기를 계속해 나갔다.

그러나 나는 무언가를 100일 가까이 지속할 만큼 성실한 사람이 아니다. 특히 잘되고 있는 일을 그만둘 핑계를 계속해서 찾다가 아주 사소한 문제를 굳이 확대해 그만두고 마는 나쁜 버릇이 있다. 나는 뛰는 동안 이런저런 답하기 어려운 물음표들을 만들어 냈다. 나는 지금 왜 뛰고 있는 걸까, 챌린지에서 우승하고 나면 뭐가 남을까, 이렇게 운동하는 게 무슨 의미가 있을까. 그렇게 끊임없이 운동과 식단을 그만둘 핑계를 찾기 위해 애썼다. 그러면서도 꾸역 꾸역 아침마다 뛰기 위해 공원으로 나가고 들어와서는 씻고 체중을 재고 예정된 식단을 해 나간 것은, 아무래도 '관성' 때문이었던 것 같다. 사람은 계속해 온 일을 계속해서 하게 된다. 하기 싫어도 몸이 기억해서 하게 되는 일. 나를 들어 올리는 힘은 무엇보다도 관성에서 나온다. 아침마다 이 지구를 들어 올리는 힘도 개개인이 가진 관성의 총합일 것이다. 나는 페이스북과 인스타그램의 개인 계정에 내가 무엇을 먹고 어떻게 운동했는지, 그래서 얼마나 감량했는지를 꾸준히 올려 나갔다. 이것은 내가 관성을 유지하기 위해서 하는 하나의 방법이었다. 나를 위한 기록이기도 하고 그렇게 동네방네 소문을 내놓아야 민망해서라도 계속해 나가게 된다. 나처럼 의지가 박약한 사람은 그렇게라도 해야 한다.

대학원생 시절 친구에게 들었던 그 질문이 다시 찾아왔다. "그런데 네가 이렇게 하는 게 이 사회에 어떤 의미가 있는 거야? 나는 잘 모르겠어." 나를 돌보는 마음만으로 뛰고 있던 나는 잠시 멈추었다. 여전히 거기에 답할 수 없었기 때문이다. 사실 챌린지에서 우승을 한다고 해도 얻을 것은 헬스장에서 준비한 상품과 자기만족이 전부일 것이다. 그럼 나는 지금 왜 뛰고 있는 걸까. 논문을 쓰든 달리기를 하든 노동을 하든, 계속 곁에 두고 해야 할 어느 일을 해 나가는 개인들은 어느 시점에서 반드시 스스로에게 질문하게 되는 듯하다. 내가 하는 일은 타인들과 어떻게 연결될 수 있을까. 여기에 답하지 않는다면, 그리고 관성적으로 해 오던 일을 계속해 나간다면, 이 물음표는 어느 순간 사라진다. 그리고 다시 찾아오지 않는다. 사람은 그러한 질문을 계속해서 만들어 내고 답을 해 나가는 가운데 건강하게 관성을 유지해 나갈 수 있다. 쉽게 고양되었던 마음은 빠르게 가라앉았다. 몸은 뛰고 있었으나 마음은 멈춘, 정확히 그런 상태로 며칠을 보냈다. 외롭고 지루해서 뛰지 못하게 되었다고 하면 너무 거창한 핑계가 아닌가 싶기도 하지만 정말로 그랬다.

체육공원의 트랙에는 언제나 뛰는 사람들이 있었다. 나는 외로움과 지루함을 떨치기 위해 그들과 적당한 거리를 두고 함께 뛰거나 가상의 경기를 해 보기도 했다. 몇 바퀴를 돌다 보면 가끔 알게 모르게 누군가와 경쟁하게 되는 일이 있다. 한번은 멋진 체육복을 입은 20대 청년이 굉장

한 소리를 내면서 따라왔다. 그의 발소리와 숨소리가 점점 가까워졌다. 나는 그때 2킬로미터 정도를 5분 30초/킬로미터 페이스로 뛴, 페이스를 올릴 수 있는 시점이었다. 그와 나는 어깨를 거의 나란히 하고 서로의 최고 속도로 뛰기 시작했다. 나는 언젠가 보았던 「록키」라는 영화에서 실베스터 스탈론이 부두를 뛰어가는 명장면을 상상하면서 뛰었다. 하루에 스쿼트를 500개씩 해낸 나의 하체는 나의 체중과 그에 따른 가속도를 잘 감당해 주었다. 우리는 트랙의 직선거리를 지나 이제 코너로 진입했다. 숨이 차올랐지만 괜찮았다. 아직 10초는 더 버틸 수 있었다. 그때 "으아아아!" 하는 소리와 함께 그가 뒤로 멀어져 갔다. 슬쩍 돌아보니 그가 고개를 흔들며 제자리에 멈추고는 기합을 토해 내고 있었다. 나도 그러고 싶었지만 그러면 왠지 무승부가 될 것 같아서 속도를 줄여서 조금 더 뛰고는 그가 안 보일 때쯤 멈췄다. 그리고 그보다 더 요란하게 힘든 티를 냈다. 그와 함께 달린 구간의 페이스는 2분 30초/킬로미터가 나와 있었다. 최고 기록이었다. 그러나 그와는 별개로 나는 더욱 공허해졌다.

그러던 어느 날, 이 100일 챌린지의 우승 상품에 '해외여행 상품권'이 있다는 것이 떠올랐다. 그 순간 나는 설레기 시작했다. 내가 글을 쓰는 사람이나 아이를 돌보는 사람으로서가 아니라 개인 김민섭으로서 가장 순수하게 고양되었던 순간은 '김민섭 씨 찾기 프로젝트'를 하던 때였다. 이름이 같은 청년에게 항공권을 양도하려던 일이 그의 여행 경비와 졸업 전시 비용을 후원해 줄 만큼 커졌다. 그때 나는 우리 모두가 연결된 존재라는 확신을 얻었다. 모 도서관에서 처음으로 이 프로젝트에 대해 말했던 그날, 내가 "당신이 잘되면 좋겠습니다."라고 말하는 순간 몇몇 사람들이 울음을 터뜨렸다. 왠지 나도 눈물이 날 것 같았다. 그 이후, 나는 조금 바빠졌다. 김민섭 씨 찾기 프로젝트에 대한 이야기를 듣고 싶어 하는 사람들이 많아졌기 때문이다. 당신이 잘되면 좋겠다는 그 말을 적어도 수만 명에게 한 듯하다. 그러는 동안 몇 명의 김민섭 씨와 만났다. "저도 김민섭이에요."라거나 "제 아이의 이름도 김민섭이에요."라고 말하는 사람들이 있었다. 특히 고등학교의 인문학 특강에서는 2003년생 김민섭 씨와도 두 번을 만났다. 93년생 김민섭 씨는 언젠가 2003년에 태어난 김민섭 씨를 꼭 찾아서 여행을 보내 주겠다고, 그러기 위해서 잘 살겠다고 말한 일이 있다. 가능하다면 그 고등학생 김민섭 씨를 여행 보내 주고 싶었다. 그런데 챌린지에서 우승을 하면 두 장의 해외여행 상품권이 생긴다. 누구를 언제 어떻게 보내 줄 것인지는 나중의 문제이고, 우선 우승을 해야할 이유가 생겼다.

그동안 함께 뛰어 온 사람들도 새롭게 발견했다. 나의 페이스북과 인스타그램에는 언젠가부터 운동하는 사람들의 게시물이 종종 보이기 시작했다. 아마도 나의 관심사에 따라 SNS의 알고리즘이 그것을 더 보여 주었을 것이다. 꾸준히 운동을 해 온 사람도 많았지만 나에게 자극을 받아서 운동을 시작했다는 사람들이 있었다. 그들은 걸었다거나, 자전거를 탔다거나, 뛰었다거나, 하고 익숙지 않은 자신의 운동을 공개했다. "당신 덕분에 저도 운동을 시작했어요." 하고 말해 준 여러 사람들이 나를 여기까지 이끌었는지도 모른다. 작가로 살아가는 동안 가장 힘이 되었던 말도 다르지 않다. 글이 좋아요, 책이 재미있어요, 당신은 대단해요, 하는 것보다도 "당신의 글을 읽으면 저도 글이 쓰고 싶어져요." 하는 반응이 계속 기억에 남는다. 그러고 보니 대학에서 시간 강사로 일할 때 나를 가장 북돋웠던 말도 "강의실에서의 선생님은 누구보다도 행복해 보여요. 저도 공부해서 모교에서 강의하고 싶어요." 하는 것이었다. 타인을 움직이는 일은 거대한 한 세계를 움직이는 일이다. 그의 삶을 들어 올린 동력 중 하나가 나였음을 알게 되는 순간, 그가 어느새 내 곁에서 어깨를 나란히 하고 같은 방향을 향해 걷고 있음을 알게 되는 순간은 감격스럽다. 그게 단순한 선언이라고 해도 그렇다. 그들과 만나는 건 몇 백 그램의 체중을 감량하는 것보다도 훨씬 즐거운 일이었다.

그날 이후, 나는 외롭거나 지루하지 않았다. "저도 운동을 시작했어요." 하는 누군가가 어디에선가 함께 뛰고 있었고, 또 여행을 가게 될 김민섭 씨가 곁에서 "형, 힘내요." 하고 같이 뛰고 있었다. 연결된 타인과 연결될 타인을 상상하며 버틴 중간 계체 이후의 감량은 실로 즐거운 것이었다. 스쿼트도 한 번씩 더할 수 있게 되었고, 뛰다가 힘들어도 100미터를 더 뛰고 끝냈고, 먹고 싶은 게 있어도 더 참을 수 있게 됐다. 언젠가 트레이너가 말했던 "정말 할 수 없겠다 싶을 때 하나 더 하는 것이 몸을 만들어 줍니다." 하는 것은 사실이었다. 스쿼트를 20개가 아니라 한 번에 50개 넘게 하게 된 것도 이때부터였다. 내 몸의 선들이 조금씩 바뀌기 시작했다. 어느 날엔 거울을 보다가 목 왼쪽에 작은 점이 있는 것을 발견했다. 이전에는 살에 묻혀 보이지 않던 것이었다.

내가 왜 뛰고 있는지에 대한 답을 한 나는 이전보다 더욱 즐겁게, 그리고 열심히 운동을 해 나갔다.

함께, 몰래,
각자의 자리에서 뛰어요

○ 최종 계체일을 3주 정도 앞두고 나의 체중은 69킬로그램이 되었다. 처음의 50일보다도 오히려 중간 계체 이후 50일의 감량 속도가 더욱 빨랐다. 자신의 행동에서 이유를 찾은 개인은 부쩍 성장하는 법이다. 트레이너는 나에게 1등은 틀림없으니 이제 걱정하지 않겠다고 했다. 나도 조금 더 먼 곳을 보며 운동을 해 나갔다. 새로운 김민섭 씨와 어떻게 연결될 것인지 고민하는 데 더해, 챌린지와 관계없이 계속해서 뛰는 사람으로 살아가고 싶어졌다. 누군가가 나에게 평생 하고 싶은 두 가지 일이 뭐냐고 물으면 나는 쓰는 일과 뛰는 일입니다, 하고 답할 준비가 되어 있었다.

이 즈음에 나는 무라카미 하루키가 쓴 『달리기를 말할 때 내가 하고 싶은 이야기』를 읽었다. 만약 모든 작가들이 달리기를 시작한다면 서점의 신간 코너 대부분은 이러한 책으로 채워질지도 모른다. 쓰는 일도 그렇지만, 달리는 일은 대개 고독하고 외롭다. 어느 순간부터는 자신과 끊임없이 대화하고 그 과정에서 여러 물음표를 만들어 내게 된다. 그러니까 한 발 내딛을 때마다 하나의 문장을, 한 바퀴를 돌 때마다 하나의 문단을, 충분히 뛰고 나서는 한 편의 글을 완성하게 되는 것이다. 내가 아는 작가들이라면 대개 자신이 뛰는 이유를 책 한 권 분량으로 써낼 수 있을 듯하다. 저마다 발견한 그 이유가 어떻게 다를지도 궁금하다. 그러나 그런 고양된 마음은 돌아가는 동안 소진되어서, 나는 뛸 때마다 이것을 어떻게 기록하면 좋을지를 고민하곤 했다. 유튜브를 하면 어떨까. "안녕하세요 구독자님들, 저는 지금 망원 유수지 체육공원을 헉헉, 3킬로미터째 뛰고 있습니다, 헉헉, 오늘은….." 그러나 달리는 모습을 영상으로 담을 길이 없어서 그만두었다.

나의 SNS에는 "저도 함께 뛰고 싶어요." 하는 내용의 댓글이 종종 달렸다. 나의 마음도 같았다. 그러나 아직도 코로나 확진자가 하루에 몇 명씩은 나오고 있었다. 사회적 거리 두기가 생활 속 거리 두기 방침으로 전환되었고 집합, 모임, 행사 등이 모두 가능해졌지만, 대놓고 모이자고 하기에는 조심스러웠다. 그러나 그런 댓글이 조금씩 늘어나다가 모 작가님이 "그러면 같이 뛸까요." 하고 댓글을 달았고, 나의 페이스북 친구 몇몇이 "네, 같이 뛰어요." 하고 댓글을 이어 나갔다. 아니 여러분, 저를 빼놓고 이러시면 안 됩니다. 나는 조금 용기를 내어 100일 내내 모두에게 하고 싶었던 제안을 하게 된다.

운동을 하는 동안 가장 많이 들었고 기분 좋았던 말이 "덕분에 운동을 시작했어요." 하는 것이었습니다. 그래서 함께 무엇을 해 볼 수 없을까 고민하다가 다음과 같은 제안을 합니다. 우선 같이 뛰어 보려고 합니다. 이 시국에 모이자는 건 아니고, 각자의 자리에서 가능하면 같은 시간에 뛰고 "나도 같이 뛰었어." 하고 해시태그를 달아 인증하는 방식입니다. '몰래 뛴다'는 의미로 #몰뛰, '몰래 뛰는 작가와 당신'이라는 뜻으로 #몰뛰작당, 이면 어떨까 합니다. 함께 뛰지 않더라도 누군가가 나와 같은 이유로 같은 행동을 하고 있음을 알게 되면 조금은 덜 외로워지는 법입니다. 몰래, 같이 뛰어 주세요. 저와 모 작가와 모 출판사 대표는 매주 목요일 저녁 8시마다 서울의 한강 망원 지구(서울함 공원)에서 만나서 뛰기로 했습니다. 오셔서 몰래 뛰어 주셔도 되고 오기 어려운 분들은 해시태그를 붙여서 함께 뛰었다는 티를 내 주세요.

2020년 6월 2일

굳이 '몰래'라는 단어를 붙인 것은 코로나라는 시국을 염두에 둔 것이기도 하고, 무엇보다도 느슨한 연결을 지향하고 싶었기 때문이다. 나와야 할 인원을 정해 두고 누가 언제 나올까 마음 졸이는 것이 아니라, 함께 뛰고 싶다는 마음을 가진 사람들이 자신의 형편에 맞게 모여서 뛰고 헤어지기로 했다. 옷을 맞추어 입고, 번호를 매기고, 열 맞추어 하나둘, 하나둘 구호를 외치면서 뛰고, 서로를 잡아끄는 일. 나는 그런 것을 상상하는 것만으로도 정신이 아득해지고 만다. 그런 건 군대나 학교에서 해 본 것으로 충분하다. 그러나 시간과 장소만 정해 두고, 그 자리에 모인 사람들이 있으면 가볍게 인사를 나누고 각자의 속도로 뛰면 된다. 사람과 만나는 일이 민망한 누군가는 멀리서 그 모습을 보고서는 원래 혼자 나왔다는 듯 몰래 뛰면 된다. 아니면 여기까지 오기가 어려운 사람들은 각자의 자리에서 뛰고 SNS에 약속된 해시태그를 붙이는 방식으로 뛰었다는 티를 낼 수도 있다. 각자 뛰면서 자신과 타인을 동시에 감각할 수 있는 방식이 아닐까. 그러한 모임이라면 나에게는 꼭 알맞을 것이었다. 내가 올린 글은 함께 뛰자는 댓글을 단 임지형 작가와 김홍민 출판사 대표를 통해 더욱 퍼져 나가게 된다.

그리고, 약속된 목요일이 다가왔다. 나는 같은 동네에 사는 김홍민 대표와 함께 조금 일찍 한강 망원 지구, 서울

함 공원의 뱃머리 앞으로 나갔다. 몇 명이나 올 것인지 그
도 나도 별로 자신이 없었다. 지방에 사는 임지형 작가가
자신이 늘 뛰던 곳에서 시간에 맞추어 뛰겠다고 했고, 몇
몇 페친들이 올 수 있으면 오겠다고 댓글을 단 것이 전부
였다. 그러나 약속 시간이 10분 앞으로 다가올 때까지 서
울함 공원 앞은 무척 한산했다. 도무지 뛸 준비가 되어 있
지 않아 보이는 연인들이나 산책을 나온 가족들이 한가로
이 걷고 있을 뿐이었다. 아아, 내가 하는 일이 그렇지 뭐.
김홍민 대표와 나는 "우리 둘이 뛰어야겠네요." 하고 서울
함 공원의 뱃머리 앞에 서서 나름의 준비 운동을 시작했
다. 거창하게 하기는 민망해서 티가 안 나게 발목을 돌린
다든지 소심하게 기지개를 켠다든지 했다. 그런데 5분 정
도를 남겨 두고 여기저기에서 "저어, 여기가 혹시…." 하
고 사람들이 나타났다. 어디에 숨어 있었는지 모를 일이
다. 어어, 안녕하세요, 반갑습니다, 네, 여기가 '몰뛰작당'
하는 곳이 맞습니다.

8시가 되자 서울함 공원 앞에는 열 명이 넘는 사람들이
모였다. SNS의 프로필 사진이 문득 떠오르는 몇몇 말고는
처음 보는 얼굴이었다. 그들은 '자, 우리는 이제 어떻게 하
면 됩니까.' 하는 표정으로 나를 바라보았다. 김홍민 대표
역시 '당신이 알아서….' 하는 표정이었다. 나는 그만 정신

이 아득해지고 말았다. 나는 여러 사람 앞에서 "자, 여러분, 우리 무엇을 어떻게 합시다." 하고 지령을 내릴 만한 위인이 아니다. 그런 것을 잘하는 사람들은 따로 있는 듯하다. 하고 싶은 말도, 해야 할 말도 글로 다했는데 어쩌지. 그러다가 나는 내가 잘하는 방식으로 인사를 건네기로 했다. 우선 한 사람 한 사람의 얼굴을 보면서 와 주셔서 감사하다고 말했고, 인터넷에서 개당 30원을 주고 산 일회용 야광 팔찌를 하나씩 나누어 주었고, 여기에서 출발해 세 번째 편의점이 있는 곳에서 잠시 쉬고 돌아오면 된다고, 각자의 속도로 잘 뛰고 다시 만날 사람들은 만나자고 안내했다. 왕복 3킬로미터가 조금 넘는 거리였다. 팔찌는 서로를 알아볼 표식이면서 안전을 위한 것이기도 했다. 저녁 8시의 한강은 이제 어둑해졌다. 마스크를 잘 쓰고 뛰면 좋겠다는 말을 덧붙인 나는, 뛰기 시작했다. 어, 어, 뭐야, 뛰는 거야, 하고 사람들도 따라 뛰기 시작했다. 우리는 곧 한강의 자전거 도로와 인도의 여러 사람들 틈에 섞였다.

몇 분이 지났을 때, 어떤 사람이 빠른 속도로 뛰어가면서 "안녕하세요!" 하고 인사를 했다. 그는 서울함 공원에 모였을 때는 분명히 없었다. 꽤 먼 거리를 뛰어온 듯했다. 그 말고도 처음 보는 누군가가 눈인사를 하면서 지나갔다. 그러니까, 정말로 몰래 뛰는 사람들이 나타난 것이다. 멋진 일이었다. 사람들은 저마다의 속도로 뛰면서 나를 추월해 가기도 하고 나와 멀어져 가기도 했다. 나는 노을이 지는 한강을 바라보면서 뛰었고, 나의 가슴도 전에 없이 뛰었다.

세 번째 편의점이 있는 공터에는 먼저 도착한 사람들이 있었다. 힘들어서 숨을 몰아쉬는 사람도 있었고 아무것도 아니라는 듯 개인 운동을 하는 사람도 있었다. 그들은 들어오는 사람들을 기다리다가 야광 팔찌를 한 손을 흔들어 주었다. 근처 개수대에서 물을 마시기도 하고, 서로 잘 뛰시네요, 하는 칭찬을 하기도 하고, 그렇게 한참을 기다리고 모두의 땀도 식어 갈 무렵에도 아직 두 사람이 오지 않았다. 걱정이 된 나는 다녀와 보겠다고 하고는 길을 거슬러 뛰어가 보았다. 몇 백 미터를 갔을 때, 야광 팔찌를 한 두 사람이 뛰듯이 걸어오고 있었다. 반가운 마음에 손을 흔들자 그들도 손을 흔들었다. 나는 곁에서 그들의 속도에 맞추어서 함께 뛰었다. 두 사람은 모두 이렇게 뛰어 보는 게 처음이라고 했다. 난 그들의 달리기가 혹시 이것이 마지막이 아닐까, 하고 조금 슬퍼지고 말았다. 그들과 함께 반환점에 이르렀을 때, 사람들은 어디서 준비한 작은 줄을 결승 테이프처럼 들고 기다리고 있었다. 그리고 모두 작게 박수를 쳐 주었다. 뭐랄까, 참 비현실적일 만큼 감격스러운 순간이었다.

세 번째 편의점에서 조금 더 뛰어가면 난지 캠핑장이 있다. 나는 모두가 난지 캠핑장까지 뛰어가서 함께 고기를 구워 먹고 맥주도 한잔 마시는 모습을 상상했다. 코로나 확진자가 두 자릿수로 줄어들었으니까 여름의 끝자락에서는 그것도 현실이 될 것이었다. 모두가 모여 반환점에서 숨을 고른 이후 나는 자, 그럼 다시 출발한 곳에서 만나요, 하고 뛰기 시작했다.

9시 즈음, 서울함 공원 뱃머리에는 출발했던 열 명 넘는 사람들이 그대로 다시 모였다. 그냥 헤어지기 아쉬웠던 우리는 옹기종기 모여서 이야기를 나누었다. 망원동, 성산동, 서교동처럼 가까운 데서 온 사람들이 있었고 분당, 동대문, 도봉구처럼 먼 데서 온 사람들도 있었다. 동네 도서관에서 나의 강연을 들었다는 독자가, 김홍민 대표의 출판사에서 나온 책을 모두 읽었다는 그의 팬이, 내가 어린 시절부터 자주 가던 동네 빵집의 사장님이 있었다. 『마녀체력』이라는 책을 쓴 이영미 작가는 "출판업계 후배들에게 운동 좀 하라고 그렇게 말해도 안 하더니 오늘 많이 나오는 것 같아서 저도 와 봤어요." 하고 나타났고, 자신을 '오렌지'라고 소개한 젊은 여성은 친구가 이런 재미있는 모임이 있으니 같이 와 보자고 하고는 안 나타나서 혼자서 뛰었다고도 했다. 게다가, 지금 이 책의 담당 편집자가 나왔다. 책을 계약하고 몇 번 미팅을 하기는 했지만 오랜만의 만남이었다. 그는 사람들에게 "저는 작가님의 편집자고요, 원고를 받으려고 왔습니다."라고 말해서, 대체 원고를 얼마나 안 드렸으면 편집자가 퇴근하고 여기까지 나왔겠느냐는 야유를 이끌어 냈다.

아직 달리기 이후의 여운이 가시지 않은 사람들이 상기된 표정으로, 한강에서 불어오는 바람에 기분 좋게 땀을 식히면서, 하고 싶은 말을 한마디씩 해 나갔다. 가장 늦게 들어왔던 여성이 이렇게 뛰어 보는 일이 태어나서 처음이라고 다시 말했고, 몇몇이 저도요, 하고 손을 들었다. 그들을 다음 주에도 볼 수 있을까. 나는 모두에게 "저는 목요일 8시마다 여기에 있을게요. 다음 주에 오시는 분들이 계시면 또 봬요." 하고 말했고, 인사를 나눈 우리는 아무 일 없었다는 듯 곧 헤어졌다.

돌아오는 길에 페이스북에 접속해 보니 #몰뛰작당 태그를 하고 미국이나 태국에서 뛴 사람이 있었고 부산, 전주, 광주, 오산 등등 여기저기에서 함께 뛰었다는 인증들이 올라와 있었다. 적어도 스무 명이 넘는 사람들이 각자의 자리에서, 몰래, 함께 뛴 것이다. 나는 다시 한 번 정신이 아득해지고 말았다. 이 모임을, 아니 그렇게 부르기에도 실체가 없는 이 몰뛰작당이라는 정체불명의 모임을 잘 유지해 나갈 수 있을지 별로 자신이 없었다. 그러나 나는 목요일 오후 8시마다 서울함 공원 뱃머리에 있기로 했다. 내가 즐거운 마음으로 꾸준히 거기에 있다면 누군가는 반드시 나타날 것이고 그게 내가 할 수 있는 최선일 것이다.

사실 모임을 이끄는 것은 나에게 어울리지 않는다. 다만 나는 그 자리에서 내가 할 수 있는 일을 하면서 천천히 타오르기로 했다. 누군가는 정의로움을 부르짖으면서, 자신이 항상 옳다고 믿으면서 캠프파이어의 불길처럼 크고 빠르게 타오른다. 그러나 그들은 내가 가까이 다가가기에는 너무나 뜨겁다. 나는 그렇게 화려하게 타오르는 방법은 알지 못한다. 나는 차라리 잔잔하게 스스로를 밝히는 평범한 모닥불이고 싶다. 그날 나의 마음속에 처음 보는 하나의 불씨가 생겼다. 그것을 꺼뜨리고 싶지 않다는 마음을 소중히 안고 조신한 몸으로 집으로 돌아왔다.

이 떡을 드시면
모든 게 잘될 거예요

○ 최종 계체일, 헬스장의 인바디 기계 앞에 선 나는 심호흡을 했다. 이제 이 위에 오르고 나면 100일이 조금 넘는 여정이 마무리된다.

사실 나는 조급한 마음이었다. 계체를 일주일쯤 앞둔 어느 날, 트레이너는 나에게 저녁반의 50대 여성이 근육량을 많이 늘렸다고, 아무래도 그가 1등인 것 같다고 말해 왔다. 체지방량을 줄이면 +1점, 근육량을 늘리면 +1.5점이었다. 체지방을 1킬로그램 감량하는 것보다도 근육을 1킬로그램 증량하는 게 챌린지에서는 유리했다. 데드 리프트만 하다가 이렇게 된 게 아닌가, 하고 트레이너가 조금 원망스러워지기도 했다. 그 이후 나는 근육을 키우기 위해 일주일 동안 팔굽혀펴기와 스쿼트를 하루에 500개씩 했고 남은 식단을 닭가슴살로만 채웠다. 말이 쉽지, 지난 97일만큼이나 힘겨운 일주일이었다. 그러니까 이런 것이다. 곰을 동굴에 가둬 두고 100일 동안 닭가슴살과 브로콜리만 먹게 했는데, 갑자기 일주일 전에 나타난 환웅이 "야, 미안한데 남은 일주일은 브로콜리만 먹어야겠다." 하고 말하는 것. 그동안 2킬로그램 정도의 체중이 더 빠져나갔다. 운동하다가 힘들 때면 저녁반의 모 회원을 떠올렸다. 아아, 그만 아니었다면. 그러나 그도 지금 아침반의 그 회원 놈만 아니라면, 하고 울면서 운동하고 있는지도 몰랐다.

최종 계체 하루 전날, 나는 아침 일찍 관악산에 올랐다. 사당역의 등산로에서 출발해 정상까지 뛰어 올라가서 구운 계란과 아몬드유를 먹고 서울대 등산로를 통해 내려왔다. 정상 부근에서 셀카를 찍고 있으니까 어떤 분이 찍어 주겠다고 해서 사진을 한 장 남겼다. 아마도 내 인생에서 가장, 뭐랄까, 새초롬하게 예쁜 몸으로 남은 사진일 것이다. 옷을 입고 있는데도 그 위로 근육의 선 같은 것들이 존재감을 드러내고 있었다. 이날은 회사에 양해를 구하고 조금 일찍 퇴근했다. 그러면서 돼지고기 전지 한 근을 샀다. 유튜브 헬스 채널에서는 인바디를 잴 때 근육량을 일시적으로 늘리는 방법이 있다고 했다. 나트륨이 많은 음식을 먹으면 된다는 것이었다. 말하자면 편법 같은 것이겠으나 할 수 있는 것을 다해 보고 싶었다. 나는 돼지고기를 굽고

소금을 많이 뿌려서 저녁으로 먹었다. 그러고도 부족한 것 같아서 자기 전에는 아예 소금을 한 숟갈 퍼먹고 켁켁거리 기도 했다. 아아, 저녁반의 그….

　최종 계체일은 나의 마지막 PT 날이기도 했다. 나는 어느 때보다도 초췌한 상태로 운동을 시작했다. 계체를 앞두고는 운동선수들도 제정신이 아니라고 했다. 어릴 때 본 권투 만화에서는 감량을 위해서 마른 표고버섯을 씹고 뱉기를 반복하는 선수들이 있었다. 나는 괜히 그 장면이 떠올랐다. 그만큼 내 몸은 그간 도달해 본 일이 없는 극한 데까지 와 있었다. 트레이너는 나에게 그동안 고생 많이 하셨다고 하면서, 오늘 열심히 근육 운동을 해서 몸을 최대한 펌핑시켜 두고 계체를 해 보자고 했다. 그래서 1시간 동안 데드 리프트를 비롯한 거의 모든 근육 운동을 알뜰하게 다 돌았다. 앉아 있기만 해도 몸의 여기저기가 내 의지와 상관없이 덜덜 떨려 왔다. 트레이너가 "더 운동하시겠어요, 아니면 지금 측정하시겠어요?" 하고 물어서, 이제 측정을 하겠다고 답했다.

　나는 헬스장의 인바디 기계 위에 올랐다. 두 발을 발 모양의 그림 위에 놓고 양손의 엄지손가락으로 기계의 측정 센서를 꼭 붙잡았다. 처음 측정할 때와는 다른, 왠지 모를 온기가 전해져 왔다. 그동안 나를 지켜봐 준, 응원하고 격려해 준, 그리고 어딘가에 있을 김민섭 씨와 저마다의 자리에서 운동을 시작한 모두가 곁에 있는 것만 같았다. 그때 비로소 내가 100일이 조금 넘는 기간 동안 정말로 혼자가 아니었음을 알았다. 몇 등을 하게 되든, 이러한 마음이 되어 본 것만으로도 이 챌린지는 충분히 성공적이었다. 그러나 1등을 해서 꼭 김민섭 씨를 여행 보내 주고 싶었고 몰뛰작당에서 더 많은 사람들과 만나고 싶었다. 내 마음의 체중은 이렇게 오락가락했다. 그건 인바디로는 잴 수 없는, 나의 참을 수 없는 가벼움의 무게일 것이다.

인바디 기계가 잰 120일 동안의 몸의 변화는 다음과 같았다.

체중 81.1킬로그램→ 68.1킬로그램

체지방률 25.1퍼센트→ 9.8퍼센트

체지방량 20.4킬로그램→ 6.7킬로그램

골격근량 34.3킬로그램→ 34.7킬로그램

챌린지 결과가 나오는 데는 2주 정도 걸릴 것이라고 했다. 나는 그간 함께해 준 트레이너에게 감사의 인사를 전했다. 그에게 열세 번의 PT를 받는 동안, 운동을 어떻게 해야 하는지에 대한 것 뿐 아니라 어떠한 태도로 해야 하는지에 대해서도 배웠다. 이제 나는 그에게 회원님이 아니고 그는 나에게 선생님이 아니게 되었지만, 그와 함께하는 동안 자란 몸과 마음의 근육은 그 기억보다 더 오래갈 것이다. 헬스장에서 나온 나는 자주 뛰던 체육공원으로 갔다. 그러고는 늘 뛰던 속도보다 조금 빠르게 내가 뛸 수 있는 만큼 쉬지 않고 뛰었다. 왜 그랬는지는 잘 모르겠다. 어쩌면 나는 계속 뛰는 사람으로 살아가고 싶다는 마음을 내 몸에게 전달한 게 아닐까.

결과 발표를 기다리는 동안 두 번째, 세 번째 몰뛰작당이 이어졌다. 계속 나오는 사람도 있었고 한 번만 나오고 마는 사람도 있었지만, 모두가 오늘 처음 만난 것처럼 인사하고, 오늘 처음 만난 것처럼 몰래 뛰고, 다시 만나지 않을 것처럼 작별했다.

어느 날 나는 정말로 기분이 좋았던 것 같다. 장기 자랑을 하나 하겠다고 말하고는 그들 앞에서 제자리멀리뛰기를 한 것이다. 나는 멀리뛰기에는 자신이 있었는데 고등학교 2학년 때의 기록이 체육 대학교 실기 입시의 만점에 해당한다는 것을 나중에 알았다. 차라리 운동을 할 걸 그랬나 싶지만 내가 잘하는 건 멀리뛰기뿐이었다. 나는 그때

체력장을 하던 고등학생 김민섭 씨의 몸과 마음으로 돌아갔다. 지금의 내 몸이라면 내 앞의 280센티미터쯤 되어 보이는 거리를 분명히 뛰어넘을 수 있을 것이었다. 그 선을 가늠해 보는 나의 몸은 이미 그 위를 넘고 있었다. 나는 모여 있는 사람들에게 "저어, 저 저기까지 한번 뛰어 볼게요. 저 제자리멀리뛰기 진짜 잘해요." 하고 말하고는 "에이, 저기를 사람이 어떻게 뛰어요." 하는 말을 뒤로하고 거기를 뛰어넘었다. 절반은 놀라고 절반은 뭐 저런 사람이 다 있어 하는 표정으로 나를 바라보았다. 누군가가 "아니, 제자리멀리뛰기를 처음 보는 사람들한테 장기 자랑이라고 보여 주는 작가가 어디 있어요!" 하고 말했고, 여럿이 거기에 동조하는 가운데, 다시 누군가가 "저는 물구나무서기를 할 수 있습니다."와 비슷한 말을 하고 정말로 물구나무서기 같은 것을 했다. 그 모습을 본 김홍민 대표가 "이런 책을 읽은 일이 있습니다. 작은 시골 마을 사람들이 장기 자랑을 해 보겠다고 하는데, 저는 별것 아니지만 이런 걸 할 수 있습니다, 하고 막 벽을 뚫고 나가고 그러는 거죠. 그리고 말인데 저는 이 물병을 던져서 바로 서게 할 수 있습니다." 하고 말했다. 그러고는 정말 자신이 든 500밀리리터 생수병을 던져서 땅에 바로 서게 만들었다. 실로 민망하고 신기한 광경에 모두가 박수를 쳤고, 그날 처음 만난 듯한 모두는 고등학생들로 잠시 돌아가서 자신이 잘하는 쓸데없는 일에 대해 말하기 시작했다.

　2주 뒤, 보디 챌린지의 결과가 나왔다. 내가 1등이었다. 2등과는 꽤 큰 격차가 있다고 해서 나는 조금 억울해졌다. 내가 마지막 일주일을 어떻게 살았는데. 헬스장의 팀장은 나에게 방문해서 상품을 수령해 가라고 했다. 100만 원의 현금과 해외여행 상품권은 이제 내 것이었다. 원래는 시상식을 개최하려 했으나 코로나로 인해 취소했다고 해서 나는 조금 아쉬웠다. 그래도 함께한 트레이너와 함께 기쁨을 나누고 싶었고, 무엇보다도 저녁반의 그 모 회원과 한 번 만나고 싶었기 때문이다. 몇 년 전에 나의 고등학교 친구가 홀랜드 국제 애니메이션 페스티벌 장편 부문에서 대상을 받은 일이 있다. 무려 일본의 지브리 스튜디오와 경쟁을 했다고 들었다. 그에게 시상식은 어떠했느냐고, 아카데미 시상식 같았겠다고 괜히 흥분해 소감을 물었으나, 그는 국제 택배로 트로피를 하나 받은 게 전부라고 말했다. 가고 싶었으나 네덜란드까지 갈 비행기값이 없었다는 것이다. 그런 상이면 왕복 항공권 정도는 부상으로 증정해야 하는 게 아닌가. 나는 며칠 뒤 헬스장에 가서 관장님의 축하를 받으며 상품을 수령했다.
　어린 시절에 나의 어머니는 좋은 일이 있으면 떡을 돌려야 한다고 했다. 내가 성공하면 동네 사람들에게 떡을 돌리겠다고 했는데, 애석하게도 그 기대에는 한 번도 부응하지 못했다. 그러나 내가 100명이 넘는 사람과 경쟁해서 그것도 1등이라는 결과를 얻어 낸 건 아마도 개인사를 통틀어 최초일 것이다. 내 인생에서 다시 이런 영광의 순간이 찾아올 일은 별로 없을 테고, 그래, 떡을 맞춘다면 지금이다. 내가 떡을 맞추고 싶다는 고민을 할 때 내 옆에는 나의 편집자가 뛰고 있었다.

　"저어, 선생님."
　"네, 헉헉, 왜요."
　"저 이번에 챌린지 1등을 했는데요."
　"아니 헉헉, 정말 축하드립니다."
　"좋은 일이 있으면 떡을 맞춘다고 하는데 그래도 될지 고민 중이에요."
　"세상에 헉헉, 그거 너무 멋진 일이죠. 아이고 힘들어. 제가 준비해 봐도 될까요?"

　편집자의 일이라는 건 아마도 작가에게 원고를 받아 그것을 책으로 만드는 것이라고 모두 알고 있을 것이다. 그러나 나의 편집자는 지금 내 옆에서 함께 뛰고 있고, 평생 뛰어 본 일이 없다면서 몇 주째 계속 함께 뛰고 있고, 떡을 맞추는 일을 돕겠다고도 했다. 원고를 받기 위해 이렇게까지 해야 한다면 이건 너무나 슬픈 일이다. 나는 그에게 "원고 때문이라면 안 나오셔도 되어요." 하는 말을 하려다가 몇 번이나 그만두었다. 원고를 빨리 마감하는 게 가장 좋은 답이라는 것을 알고 있어서였다. 그는 회사 근처의 떡집에서 떡 케이크와 함께 100개의 무지개떡을 맞추고 결제할 계좌를 보내 주었다. 그가 문구도 함께 적으면 좋겠다고 해서, 우리는 동시에 이 책의 제목을 떠올렸다. 그래서 케이크와 떡 포장지 위에 '당신이 잘되면 좋겠습니다.'라는 문구를 적었다. 이 떡을 누구에게 어떻게 전할지 고민하다가 SNS에 "떡을 드립니다. 이 떡을 드시면 모든 일이 잘될 거예요." 하는 내용으로 글을 올렸다. 받아 갈 수 있는 방법은 두 가지였다. 목요일의 몰뛰작당 모임에 오거나 회사 사무실에 오거나. 그리고 출판사에도 30개의 떡을 보냈다.

그 주의 목요일 저녁에도 한강 공원에 스무 명 정도의 사람들이 모였다. 함께 뛰고 나서 우리는 공원에 둘러앉았다. 떡 케이크에 촛불도 하나 켜고 자랑하고 축하받는 시간을 가졌다. 아, 이래서 떡을 맞추는구나. 정말로 내 인생의 영광의 순간이었다. 나는 그들에게 "당신이 잘되면 좋겠습니다."라고 말하면서 무지개떡을 하나씩 나누어 주었다. 몇 명은 정말로 떡만 받아 가기 위해서 나왔다고 했다.

나는 흔쾌히 받아 가기 위해 나온 그들의 그 마음이 실로 고마웠다. 흔쾌히 주는 마음과 흔쾌히 받는 마음, 사실 둘 다 어렵다. 돌아보면 청첩장을 줄 때도 그랬던 것 같다. 청첩장, 그게 뭐라고 몇 백 장을 찍어 두고도 줘야 할 사람이 잘 떠오르지 않았다. 나의 부모님이 몇 백 장을 가져가고 나의 몫으로 고작 수십 장을 받았을 뿐인데도 그랬다. 어느 선배는 내가 청첩장을 꺼내자 "다음 주에 우리 딸 돌잔치인데 너 안 올 거잖아. 나도 네 결혼식 안 갈 테니까 청첩장 주지 마." 하고 말했다. 아, 그러면 되겠네요, 하고 돌아서고 나니, 어, 나는 몇 년 전에 그 선배의 청첩장을 받았고 축의금도 보냈는데. 그러나 반대로 흔쾌히 받아 준 사람들도 많았다. 받을 수 있는 주소를 남겨 주거나 시간을 내어 나를 만나 주거나 굳이 내가 있는 데까지 일부러 찾아오기도 했다. 그러고는 "와아, 네가 결혼하는구나. 축하한다. 잘 살아야 해. 시간이 된다면 꼭 갈게." 하고 말해 주었다. 누군가의 간절함을 흔쾌히 받는 그 마음은 무언가를 간절히 주고자 했던 사람만이 가질 수 있는 게 아닐까. 나는 손바닥만 한 무지개떡을 받고자 비용과 시간을 들여 찾아와 준 그 마음들이 고마워서 두세 개씩 떡을 전해 주었다.

그 이후에도 나는 목요일 저녁마다 한강 공원으로 나갔다. 몰뛰작당에는 계속 사람들이 모여들었다. 매번 멀리서 온 사람들이 한두 명씩 있었다. 제주도에서 온 젊은 여성은 함께 뛰고 싶어서 일부러 출장을 목요일로 잡았다고 했다. 아아, 제주도에서 오다니. 그는 자신을 산방 러너스 클럽 소속이며 회사 동료들과 종종 산방산 인근을 뛴다고 소개했다. 우리는 제주도에서 몰뛰작당×산방 러너스 클럽의 몰뛰를 꼭 하자고 약속하고 작별했다. 언젠가는 달리기 용품을 만든다는 모 스타트업 대표가 "요즘 잘나가는 러닝 리더시잖아요. 주목하고 있습니다." 하고 말해서, 잠시 구름 위를 달리고 있는 기분이 되기도 했다.

장마가 계속된 7월의 어느 목요일에는 폭우가 내렸다. 한강이 넘치는 게 아닌가 걱정이 될 만큼 비가 오고 바람이 불었다. 나는 고민하다가 우산을 쓰고 서울함 공원으로 갔다. 어쨌든 목요일 저녁 8시마다 그 자리에 있겠다고 약속했던 것이다. 누구도 뛸 수 없는 날이 분명했지만 누군가가 기다리고 있을지도 몰랐다. 우산을 쓴 보람이 없을 만큼 우산은 이미 바람에 뒤집히고 몸이 흠뻑 젖었다. 아, 그냥 비 오면 취소한다고 할걸. 거의 도착했을 즈음에 어딘가 익숙한 뒷모습과 만났다. 몇 주 동안 뛰면서 보아 온 그 모습, 나의 편집자였다. 안녕하세요, 하고 인사하니까 그는 깜짝 놀라면서 아무도 안 올 줄 알았다고 했다. 그런데 왜 나오셨느냐고 묻자 그는 "아, 그게, 누가 나올지도 모르니까요." 하고 답했다. 그의 몸도 비에 젖어 있었다.

나는 그때까지도 그에게 원고를 주지 못했다. 원고를 마감한 뒤에 이렇게 서로 만났다면 미안함보다는 고마움이 컸을 것이다. 그에게 비를 맞게 만든 것 같아서 미안했으나 그런 말을 하는 것은 더욱 미안한 일이어서 "저어, 거의 다 썼어요…." 하고 작게 말하고는 한강을 향해 걸었다.

서울함 공원에는 우산을 쓰고 우비를 입은 누군가가 서 있었다. 우리는 누가 먼저랄 것 없이 서로를 알아보았다. 그에게도 왜 나왔느냐고 예의 그 질문을 하자, 그는 누가 나올지도 몰라서, 그러면 그 사람이 외로울 것 같아서 나왔다고 했다. 모두가 같은 마음이었던 것이다. 그런 그들 덕분에 비가 온 날의 몰뛰작당도 결국 성사되었다. 우리는 한강 공원 출구 앞의 감자탕집에서 함께 저녁을 먹고 헤어졌다. 이날은 왠지 함께 따뜻한 것을 먹어야 할 것 같았다. 서로를 외롭게 만들고 싶지 않아서 만난 사람들이었다. 나는 그들에게 말했다. "저는 폭우가 아니라 지진이 난다고 해도 매주 목요일 저녁 8시마다 이 자리에 있을게요."

떡의 포장지에 적힌 대로 모든 일이 잘될 것처럼 보였다. 이제 김민섭 씨를 찾아서 여행을 보내 주어야지. 그리고 원고도 빨리.

250

이 트랙에서
누구도 홀로 뛰고 있지 않았다

◦ 2020년 여름의 막바지에, 이제 끝이 보이는 것 같았던 코로나가 다시 확산되었다. 모 교회의 집단 감염과 광화문의 주말 집회가 겹치면서 수도권에서만 하루에 200명이 넘는 확진자가 나오기 시작한 것이다. 사회적 거리 두기의 단계가 2단계로, 그리고 다시 2.5단계로 올랐다. 2.5라는 숫자는 원래는 없었던 2단계와 3단계의 절충안이라고 했다. 이때부터 코로나 이후의 일상이 다시 한 번 바뀌었다. 어디에 가든 자신이 어디에서 왔고 연락처가 어떻게 되는지 수기나 QR 코드로 기록을 남겨야 했고, 9시가 지나면 식당이나 카페에 들어갈 수 없게 되었다. 5인 이상의 사적 모임이 금지된 것도 이때부터다. 김민섭 씨를 여행 보내 주는 일 역시 당연히 어렵게 되어서, 나는 우울해졌다.

몰뛰작당이라는 달리기 모임도 계속할 수 없게 되었다.

야외 활동은 괜찮다고 말하는 전문가들도 있었으나 그러한 행위 자체가 조심스러운 시국이었다. 한강으로 나가는 길목이 한시적으로 아예 차단되기도 했다. 달리는 동안 내가 마주쳐야 할 사람들이 '요즘 같은 때 왜 굳이 뛰는 거야.' 하고 여길 것 같아서, 그리고 일상을 잠시 멈추어 달라는 방역 당국의 지침도 있고 해서, 나는 당분간 뛰지 않기로 했다. 그러면서 정말로 당분간일 것으로 믿었다. 2주 정도 지나면 사회적 거리 두기 단계가 내려가고 모두와 다시 만날 수 있을 것이고, 김민섭 씨 찾기 프로젝트 시즌 2도 시작할 수 있겠지. 그러나 그 이후 코로나는 계속 확산되어 2020년 가을에는 하루에 1,000명이 넘는 확진자가 나오기에 이르렀다. 함께 뛰던 몇 개월이 모두 거짓말이었던 것처럼 우리는 다시 모이지 못했다.

2020년 10월의 어느 날, 나는 오랜만에 다시 망원 유수지 체육공원을 찾았다. 마지막으로 누군가와 같이 뛴 지도 두어 달이 지나 있었고 혼자서도 별로 뛰지 않았다. 그러나 나는 마스크를 잘 쓰고서 다시 조심스럽게 뛰어 보기로 했다. 이전에도 마스크를 늘 쓰고 뛰기는 했으나 그때는 주변에 사람이 없으면 눈치껏 잠시 마스크를 내리고 숨을 쉰다든가 했다. 그러다가 맞은편에 사람이 오면 마스크를 올렸다. 나는 다시 뛰기 위한 하나의 원칙을 세웠다. 시작부터 끝까지 마스크를 벗지 않고 뛰는 것. 많이 힘들고 기록도 잘 나오지 않겠지만 그렇게 해야 할 것 같았다.

　체육공원의 트랙에는 나처럼 혼자서 혹은 둘이서 뛰러 나온 사람들이 있었다. 나는 마스크를 단단히 쓰고 천천히 뛰기 시작했다. 의외로 그럭저럭 뛸 만했으나 400미터 트랙을 두어 바퀴 돌았을 때 숨이 가빠 오기 시작했다. 이전에는 이보다 더 빠르게 다섯 바퀴를 돌아도 이처럼 힘들지는 않았다. 마스크를 벗으면 곧 괜찮아질 것이었다. 하지만 그 대신 나는 조금 더 속도를 늦추었고 간신히 1킬로미터를 조금 더 뛰고는 멈췄다. 한 번 가빠진 숨을 다시 잡기란 어려운 일이었다. 나는 근처 벤치에 앉아서 숨을 몰아쉬었다. 아마도 형편없는 기록이 나왔을 것이다. 이러면 차라리 뛰지 않는 게 나을까. 그러나 그 순간 나는 뛰어야 할 핑계를 찾았다. 이전과는 다른 성취와 고양이 찾아온 것이다. 마스크를 쓴 나는 조금 더 천천히 뛰어야 한다. 새로운 속도와 호흡과 보폭과 무엇보다도 마음이 있을 것이다. 그날 나는 페이스북에 몰뛰작당 태그와 함께, "저는 오늘 마스크를 하고 뛰었어요." 하는 내용의 글을 올렸다. 그러자 어디선가 함께 뛰고 있던 분들이 저도요, 저도 그랬어요, 하고 나타났다. 모두가 마스크를 잘 쓰고 조신하게 뛰고 있었던 것이다.

누군가는 "야외에서는 2미터 내에 사람이 없으면 벗어도 되는데 왜 그렇게까지 해요." 하고 말했다. 사실 나는 비말이라 부르는 것이 몇 미터를 날아가 계속 부유하다가 누군가를 감염시킬 확률이 얼마나 높은지 잘 모른다. 나는 감염에 대한 연구자나 전문가가 아니니까 이러한 논쟁에 별로 참여하고 싶지 않고 그래서도 안 된다. 다만 나는 계속해서 마스크를 쓰고 뛰려고 한다. 설령 이것이 과학적으로 의미가 없는 일이라고 해도 그렇다. 내가 뛰면서 마주치는 사람들 중 단 몇 명이라도 마스크를 쓰지 않은 나에게 공포감을 가질 수 있다는 사실도 과학적 사실만큼이나 중요하다. 그래서 그에게 나는 계속 마스크를 쓰겠다고, 어디에서든 마스크를 써야 한다고 믿는 사람들에게 괜한 두려움을 주고 싶지 않다고 답했다.

나는 그 다음 주 목요일 저녁에도 혼자서 체육공원으로 갔다. 마스크를 잘 쓰고서, 이전보다 조금 더 느린 속도로 트랙을 돌기 시작했다. 나의 몸은 오랜만에 다시 나에게 알맞은 속도와 방식을 말해 오고 있었다. 마스크를 쓰고서 숨이 가쁘지 않으려면 어떤 속도와 호흡과 보폭으로 뛰어야 하는지, 나는 나의 몸이 말하는 데 귀 기울이면서 새로운 몸과 마음이 되어 다시 뛰었다. 나는 그날 400미터 트랙을 열 바퀴 넘게 돌았다. 1킬로미터 페이스 기록은 6분 가까이로, 별로 좋지 않았다. 그러나 오히려 이 숫자가 스스로에게 더욱 소중하게 기억될 것이다. 내가 혼자서 뛰지 않았다는 하나의 증거이기 때문이다.

나뿐 아니라 트랙에서 뛰고 있는 대부분의 사람들이 그랬다. 분명히 숨이 차고 힘이 들 텐데도 마스크를 벗지 않았고, 잠시 마스크를 내렸던 사람들도 적어도 서로가 마주치는 그 순간에는 마스크를 올렸다. 그러니까, 이 트랙에서 홀로 뛰고 있는 사람은 없었다. 서로가 서로를 의식하고 또 자신이 타인에게 두려움을 주지 않을까 염려하면서 조심스럽게 뛴다. 코로나가 장기화된 이후 우리의 일상이 대개 그랬을 듯하다. 무엇을 하든 타인을 상상하게 된다. 우리가 마스크를 쓰는 마음이란 어쩌면 서로 무해한 존재가 되기 위해 애쓰는 마음과 닮아 있지 않을까. 나는 뛰는 동안 마스크를 하고 스쳐 지나가는, 혹은 내 앞에서 내렸던 마스크를 올리는 그들을 보면서, 이름도 얼굴도 모르는 그들에게 고맙고 애틋한 마음이 되었다. 이처럼 서로를 배려하는 타인들과 함께 뛰고 있는 것이 이전과는 다른 숫자로 남는다. 종종 마스크를 내리고 숨을 쉬면 더 잘 뛸 수 있을 것이라는 욕심도 생기지만 그렇게 하지 않는다.

우리는 지금 일부러 무거운 옷을 입고 수련하는 고행 중인 듯하다. 단순히 뛰는 일뿐 아니라 모두의 노동이, 일상이, 관계가 고단하고 답답할 것이다. 그러나 코로나 이후 마스크를 벗고 뛰게 될 날을 상상해 본다. 모두가 마스크를 쓰고도 이만큼이나 잘 뛰고 있는데 그때는 얼마나 더 잘 뛰게 될까. 이 높아진 경험치를 적용시키면서 이전보다 행복하게 무엇이든 잘해 나갈 수 있지 않을까.

코로나 이후 모든 숫자의 기록은 이전보다 좋아질 것이다. 개인의 숫자도 사회의 숫자도.

─◦◦◦─

이것도
모임이에요

◦ 2020년 가을부터, 나는 목요일 저녁마다 망원 유수지 체육공원에서 계속 뛰고 있다. 몰뛰작당이라는 단어는 사회적 거리 두기 이후 잘 쓰지 않고 있고 5인 이상 집합 금지가 시행된 지금 굳이 모이자는 말을 하지도 않는다. 다만 가능하면 혼자 나가서 마스크를 잘 쓰고는 뛸 수 있는 만큼을 뛰고 돌아온다. 그러면서 나는 다시 뛰기 시작한 몇몇 사람들과 우연히 만난다. 뛰는 게 처음이라고 했던 사람과 눈인사만 하다가 5주 만에 인사하러 왔던 사람과 자신을 오렌지라고 불러 달라고 했던 사람과 그리고 나의 편집자와.

나도 그들도 목요일 저녁의 적당한 시간에 나가서 뛴다. 그러다가 뛰고 있는 누군가를 발견하면 반갑게 손을 흔든다. 사실 그게 전부다. 뛰면서 여전한 당신을 발견하는 일.

누군가가 운동을 먼저 끝내고 쉬고 있으면 뛰고 싶은 만큼 뛴 사람들이 다가와 인사를 한다. 숨을 고르면서 서로가 한 주 동안 잘 지냈음을 확인하고, 운동을 조금 더 잘할 수 있는 방법에 대해 고민하기도 한다. 예를 들면 날씨가 추워지니까 마스크를 하고 뛸 때 안경에 김이 서린다든지, 그래서 안경을 벗고 뛰고 있는데 넘어질까 봐 걱정이 된다든지, 요즘은 코에 덧대는 플라스틱 보조구가 나왔는데 그게 좋다든지, 하는 말들을 나눈다.

오히려 사회적 거리 두기가 격상되기 이전에는 함께 밥을 먹거나 했던 일이 별로 없었다. 그러나 요즘은 가능하면 방역 지침을 준수하는 범위 안에서 함께 밥을 먹는다. 달리기가 끝난 어느 날, 그들과 따뜻한 것이 먹고 싶어진 나는 "저, 제가 밥을 아직 안 먹었는데요. 그래서 여기 근처에 감자탕을 잘하는 곳이 있다고 하는데 거기에서 밥을 좀 먹고 들어갈까 하거든요. 혹시 저처럼 배고픈 분들이 계시면 같이 식사하시겠어요? 부담이 되면 그냥 옆 테이블에서 드시고 가셔도 돼요." 하고 말했다. 사실 같이 밥 먹자는 말을 이렇게 돌리고 돌려서 말하는 것도 능력이라면 능력일 것이다. 어떤 사람들은 이런 말을 참 쉽게 하는데, 그리고 한 명도 안 빼고 다 가는 겁니다, 하고 모두를 데려가기도 하던데, 나는 그런 일이 쉽지 않다. 그러나 그들도 "아이고, 저도 사실 밥을 안 먹었는데 왜 그랬을까요…." 하면서, 그리고 왜 그 말을 이제 합니까 하는 표정으로 일어나고 있었다. 그때부터 우리는 함께 뛰고, 별일이 없다면 근처에서 밥을 같이 먹고 헤어졌다. "다음 주에 나올 건가요, 안 나올 건가요." 하고 누구도 묻지 않았다. 이것을 모임이라고 해야 할지, 우리도 알 수가 없었다.

언젠가 함께 뛰고 식사를 하던 중 누군가의 친구가 합석을 한 일이 있다. 그는 "제 친구가 매주 달리기를 한다고 들었는데요. 이 모임에 대해서 좀 설명해 주실 수 있나요?" 하고 물었다. 그때 나는 "목요일 저녁에 망원동 유수지 체육공원에서 뛰는 거예요. 그러다가 만나면 인사하고 같이 밥을 먹기도 하고요. 그게 다입니다." 하고 답했다. 그가 "음, 그러니까 모임은 모임인데 모이라고 하는 사람도 없고 누가 안 나와도 연락도 안 하고요?" 하고 다시 물어서, 우리는 "네, 맞아요." 하고는 웃었다. 그러자 그는 잠시 고민하는 표정을 짓다가 자신의 친구에게 "야, 이게 무슨 모임이야. 이런 건 모임이라고 하면 안 되는 거야!" 하고 어이가 없다는 듯 말했다. 그의 반응을 보면서 우리는 모두 만족했던 것 같다. 마치 누군가가 이건 모임이 아니라고 말해 주기를 기다리고 있었던 것처럼 그쵸, 그쵸, 하고 웃었던 것이다. 그러다가 자신을 오렌지라고 불러 달라고 했던 그가 "저는 이 모임이 좋아요. 느슨하지만 또 어느 모임보다도 단단하게 연결되어 있는 것 같아요." 하고 말했다. "그럼 안 나오면 그만이잖아요?" 하는 질문에는 "네, 그러니까 더 좋아요. 그런데 내가 안 나오면 누군가가 걱정하거나 실망할까 봐 그래도 나올 수 있으면 꼭 나오려고 해요." 하고 답했다. 그 말에 나는 고개를 끄덕이면서 나도 모르게 "저도요." 하고 말했고, 또 저마다가 적당히 감동 받았다는 듯 고개를 끄덕이면서 저도요, 저도요, 하고 말했다.

언젠가 목요일 저녁에 강연이 잡힌 날이 있었다. 어떠한 재난이 있어도 꼭 나가겠다고 했지만 이것은 내가 몰뛰작당을 시작하기 전에 잡힌 일정이었다. 어쩔 수 없겠으나 정작 주최자가 그 자리에 가지 못하는 건 미안한 일이다. 페이스북에 "저는 오늘 전북 교육청에서 강연이 저녁 8시에 끝나요. 한강 서울함 공원으로 갈 수는 없지만 제가 있는 자리에서 3킬로미터를 뛸게요." 하는 내용의 글을 올렸다. 강연이 끝나고 러닝화로 갈아 신고 바깥으로 나왔다. 카카오맵으로 지도를 보니 교육청 근처의 전주천에서 뛰면 될 것 같았다. 그런데 그런 나를 누군가가 기다리고 있었다. 30대 남성이 나에게 "저어, 혹시 김민섭 작가님… 저어, 혹시 몰뛰작당…." 하고 말을 걸어온 것이다. 그는 서울까지 갈 수 없어서 목요일마다 혼자서 뛰고 있었다고, 내가 전주로 왔다는 것을 알고 함께 뛰고 싶어서 왔다고 했다. 그와 함께 전주천을 뛰면서, 나는 이것이 정말로 멋진 모임이라고 생각했다. 목요일 저녁마다 이러한 모임, 그러니까 코뮌이라고 할 만한 것들이 여기저기에서 만들어지는 것이다. 혼자서 혹은 몇몇이서 뛰면서, 어딘가에서 나와 연결된 사람들이 함께 뛰고 있다고 감각하게 된다. 그렇다면 이것은 하나의 모임인가 여러 개의 모임인가. 나는 그와 전주천을 3킬로미터 정도 함께 뛰고 편의점에서 시원한 것을 먹고서 헤어졌다. 언젠가 목요일 저녁에 전주로 다시 강연을 하러 가게 되면 만나기로 했다. 그 다음 주에 서울함 공원에서 만난 사람들은 나에게 "안 오셨어도 저희끼리 잘 뛰었습니다. 다음에도 강연 같은 일정이 잡히면 가세요. 돈 벌어야죠. 거기에서 뛰시면 되죠." 하고 말했다.

우리는 코로나가 아니더라도 새로운 시대에 맞는 연결이라는 것을 계속 고민해 나가고 있다. 사실 나와 닮은 사람을 찾는 일은 쉽지 않다. 나와 완벽하게 닮은 타인은 아마 존재하지 않을 것이다. 우주 한복판에서 아버지를 찾는 일이나 조혈 모세포가 완전히 일치하는 사람을 찾는 일 만큼이나 어려울지도 모른다. 그러나 그런 서로가 만날 수 있는 어느 지점들이 있다. 예를 들면 그것이 나에게는 달리기였다. 거기에서 나는 '뛰는 사람 김민섭'이라는 정체성으로서 타인들과 연결된다. 나뿐 아니라 다른 사람들도 자신의 이름이 있고 직업이 있지만 '뛰는 사람 오렌지'로만 기억된다. 이것은 목요일 저녁에 가지게 되는 하나의 '부캐'라고 할 수 있다.

나는 이 몰뛰작당이라는, 실체가 없고 누가 함께하고 있는지도 불분명한 모임의 불씨를 잘 간직해 나가려고 한다. '쓰는 사람 김민섭'으로서도, 그리고 '뛰는 사람 김민섭'으로서도 즐겁게 잘 살아가고 싶다. 그러면 코로나가 끝난 어느 날 누군가가 다가와 곁에 앉을 것이다. 그리고 "당신은 재미있는 일을 계속하고 있군요. 함께하고 싶어요." 하고 말할지도 모른다. 나는 그들과 처음 만난 것처럼 함께 뛰고, 다시 만나지 않을 것처럼 작별하고, 다시 또 그렇게 만나고 싶다.

자신이 좋아하는 것을 해 나가는 과정에서 만난 사람들과 연결의 가능성을 찾아가는 일. 이건 우리가 그동안 '연대'라고 불러 온 것보다 느슨한 형태이지만 더욱 단단할 수 있다. 우리를 단단한 쇠사슬로 묶어 내고 바깥을 투쟁의 대상으로 여기는 것이 아니라, 가느다랗고 느슨한 그

선들을 계속해서 확장해 나가는 것이다. 그건 보다 다정한 방식의 연결이면서 무해한 방식의 연결이다.

함께 저마다의 불씨를 품고 뛰어 준 모든 분들께 감사를 전한다. 나는 목요일 저녁마다 계속 어딘가에서 뛰고 있을 것이다. 어느 목요일에 당신이 잠깐이라도 뛰면서 함께 뛰고 있을 누군가를 감각한다면, 그 순간 우리는 연결될 것이다.

연약의 시절을
기억하는 당신에게

첫 책인 『나는 지방대 시간 강사다』를 쓴 지 5년이 지났다. 돌이켜 보면 대학에서 나온 이후의 시간이 어떻게 흘러갔는지 잘 알 수가 없다. 어떤 연구 주제도 주어지지 않았고 무엇을 해야 한다고 알려 주는 사람도 없었다. 그래서 글을 쓰는 사람으로, 말하는 사람으로, 대리운전을 하는 사람으로, 책을 기획하고 만드는 사람으로, 육아하는 사람으로, 작가와 독자를 잇는 스타트업을 운영하는 사람으로, 그렇게 해야 할 일과 하고 싶은 일의 경계에서 살아왔다.

그러는 동안 '연결'이라는 단어를 곁에 두게 된 것을 알았다. 나는 나와 결이 같은 사람을 찾아 그와 이어질 수 있기를, 그리고 나의 일과 삶이 그 세계와 연결될 수 있기를 간절히 바랐다. 나뿐만 아니라 많은 사람들이 자신과 닮은 사람을 찾기 위해 부단히 노력한다. 나이, 지역, 학력,

소득, 아파트의 브랜드가 같은 사람을 찾아 어울리기도 하지만, 그것은 연결이 아니라 단절이나 폐쇄라고 하는 편이 더 정확하겠다. 우리에게 중요한 것은 오히려 삶의 지향이나 태도다. 서로가 같은 곳을 바라보고 있다는 믿음만큼 느슨하면서 동시에 단단한 연결의 고리는 없다. 그건 어쩌면 '선함'의 감각이라 해도 좋을 것이다.

최근 우리 사회의 화두는 공정과 불평등이다. 전문가들은 젊은 세대가 공정에 매몰된 한편, 불평등한 구조는 심화되었다고 말한다. 그런 가운데 '선함'을 꺼내는 건 듣기에만 좋은, 무책임한 태도인지도 모른다. 그러나 나는 우리가 'MZ세대'라고 명명한 그들에게서 새로운 희망을 본다. 그들은 그간의 어느 세대보다도 선함에 민감하다. '돈쭐을 내다'라는 신조어처럼, 그들은 자신이 잘되기를 바라는 선한 대상을 발견하면 기어코 잘되게 만들어 내고야 만다. 각자의 자리에서 선하게 살아가고 있는 이들을 외롭게 두지 않는다. 아낌없이 돈을 쓰고, 다시 그에 그치지 않고 '좌표'를 찍어 연결하고 확장해 낸다. MZ세대는 각자가 선한 영향력을 가지고 있음을 인지하고 또한 연대하는 전에 없던 새로운 존재들이다. 그들을 관통하는 단어는 공정이나 불평등보다도 오히려 선함이 되어야 한다. 그건 그들이 자신들을 둘러싼 경쟁과 불평등의 구조 안에서 발견한 유일한 가치일 것이다. 그것을 모르는 기성세대들은 우리 사회에 퍼져나가는 선한 연대를 두고 '역시 아직 살만한 세상이야.'하고 말할지 모르지만, 나는 이 새로운 세대의 출현 덕분에 '이제 세상은 살 만해질 거야.'라고 말해 두고 싶다.

이 책을 쓰면서 나는 이 시대의 선함이란 무엇으로 규정할 수 있는가, 하는 질문을 계속해서 해 나갔다. 그러면서 떠올린 단어는 '무해함'이었다. 우리는 타인에게 무해한 존재가 되기 위해 이전보다 더욱 애쓰고 있는 듯하다. 코로나라는 일상이 된 재난을 겪으면서는 더욱 그렇다. 마스크를 쓰는 그 마음들이 스스로가 아니라 타인의 안녕을 위한 것임을 아는 데는 그리 오랜 시간이 걸리지 않았다. 마스크가 바이러스를 완전히 막아 줄 것이라고 믿고 있다기보다는, 다만 이 공동체를 위해 저마다 할 수 있는 일을 하고 있는 것이다. 마스크를 쓴 사람들을 보면서, 서로의 마음이 닮아 있음을 확인하면서, 우리는 이 시기를 버텨 내고 있다. 방역 방침에 따른 집합 금지로 인해 만나는 일이 쉽지 않지만 모두가 연결되어 있음을 어느 때보다도 감각하게 되는 요즘이다.

타인에게 무해한 존재가 되고자 하는 개인들은 거창하

게 자신을 드러내지 않으면서도 자신이 옳다고 믿는 일들을 즐겁게, 그리고 가만히 해 나간다. 예를 들면, 채식을 지향하는 나의 친구도 그렇다. 그는 고기를 좋아하고 나와도 종종 먹지만 될 수 있는 대로 채식을 하며 지낸다. 단순한 취향이나 건강의 문제일 수도 있겠으나 채식이라는 그의 선택은 자신의 식탁에 고기가 오르기까지 얼마나 많은 메탄가스가 발생하게 되는지 알게 되면서, 동물들이 존중받지 못하고 있음을 알게 되면서 시작되었다고 한다. 누군가는 쓰레기를 정갈하게 분리 배출하는 데서, 누군가는 일회용품 소비를 줄이는 데서, 누군가는 평범한 개인에게 분노하지 않는 데서, 그렇게 자신의 생존이 이 세계에 무해하기를 바라면서 살아가는 것이다. 선택과 실천은 다르더라도 그렇게 지향이 같은 사람들을, 결이 같은 사람들을 곁에 두면서, 우리는 반드시 연결된다.

돌이켜 보면 나의 즐거움을 위해 시작한 모든 일은 '나는 괜찮은가' 하고 계속해서 묻는 일에서 비롯되었다. 그렇게 스스로를 규정하게 된 개인은 조금 더 단단해진 몸과 마음을 가지게 된다. 그러고 나면 다음의 질문이 순차적으로 찾아온다. '당신은 괜찮은가' 그리고 '우리는 괜찮은가' 하는 것이다. 나-당신-우리로 확장되는 이 물음표가 결국 서로를 발견하게 한다.

의도한 것은 아니었지만 『나는 지방대 시간 강사다』에서 나는 나를 향한 물음표에 답했고 『대리사회』에서는 우리가 어떠한 처지에 놓여 있는가에 대해 답했으며 『훈의 시대』에서는 이 시대의 무엇이 우리를 통제하는가 하는 물음에 답했다. 『당신이 잘되면 좋겠습니다』를 쓰면서는 개인과 개인뿐 아니라 개인과 사회가 연결된 이 시대 안에서, 당신과 내가 무엇을 지향하며 살아가야 할지에 대해 답하고자 했다.

중요한 것은 단단해지기 이전, 그 연약의 시절을 우리가 어떻게 기억하는가 하는 문제다. 누군가는 그것을 분명하게 기억하고 주변의 연약한 타인들에게 다정하게 손을 내민다. 그것으로 그들이 연약의 시절을 잘 버텨 낼 수 있게 돕고 그들을 둘러싼 구조를 근본적으로 변화시키는 데 힘을 보탠다. 93년생 김민섭 씨의 여행과 졸업을 도왔던 많은 사람들의 마음이 그러했을 것이다. 그러나 누군가는 자신의 과거를 단지 추억하면서 주변의 연약한 이들에게 자신은 더욱 힘들었다고, 누구나 겪어야 하는 과정이라고 가혹하게 대한다. 그러면서 "나 때는 말이야." 하고 덧붙인다. 그렇게 그들을 둘러싼 구조가 공고해지게 만든다.

나는 연약의 시절을 기억하는 이들이 이 세계를 연결해

내고 구원해 낼 것을 믿는다. 그렇지 않은 이들과 연결되기 위해 애써 노력할 필요는 없다. 그들이 나와 만나야 할, 나와 닮은 누군가에게 상처를 준다면 그러한 행동에 대가와 비용이 따른다는 것을 반드시 알게 해 주어야 한다. 그리고 나와 닮은 사람을 발견한 어느 날, 그리고 그가 마침내 내 앞에 도래했을 어느 날, 우리는 두 팔 벌려 그를 끌어안아야 한다.

에필로그의 역할을 다하기 위해 이 책에 나온 몇 가지 경험의 그 이후를 말해 두고 싶다.

우선 나는 계속 뛰고 있다. 목요일 저녁마다 망원 유수지 체육공원에서, 갈 수 없다면 다른 어디에서든 뛴다. 나는 바쁘다는 핑계로 간신히 일주일에 한 번이나 두 번을 뛰고 있지만 함께 뛰던 누군가는 하프 마라톤에 도전했고, 누군가는 매일 뛰면서 소소한 기부를 하고 있고, 무엇보다도 꾸준히 달리기를 해 온 담당 편집자는 얼굴이 반쪽이되었다.

93년생 김민섭 씨는 잘 지낸다. 그는 '김민섭 씨 찾기 프로젝트'가 자기의 인생의 태도를 결정하는 데 많은 영향을 주었다고 하면서, 이 책의 추천사를 쓰는 데도 흔쾌히 응해 주었다. 사회 초년생인 그는 자신의 일과 삶을 일치시키며 즐겁게 살아가는 게 목표라고 한다.

상대방 차주에게 민사 소송을 해야 할지를 많이 고민했다. 그래야 이런저런 비용을 그에게 받아 낼 수 있다고 했다. 그러나 이만하면 그에게 그러면 안 된다는 메시지를 전달하는 데는 충분한 것 같다. 그는 이제 나와 닮은 사람들을 보더라도 이전보다는 더 조심하게 될 것이다. 다만 책이 나오고 나면 나를 도와준 청년과 택시 기사님을 만나 함께 밥을 먹고 싶다.

헌혈은 계속해서 하려고 한다. 아직도, 어쩌면 앞으로도 나의 피보다 더욱 필요한 글을 쓸 수 있을 것이라는 자신이 없다. 글은 계속 쓸 것이지만 타인과 이 세계에 다다르는 그 정직한 나름의 길을 계속 나아가고 싶다. 그러고 보니 헌혈 포스터로 학비를 보태 준 소녀시대가 좋았다고 책에 써 두었는데, 이 책의 추천사는 '원더걸스'의 예은(핫펠트)이 써 주었다. 지금은 소녀시대보다도 원더걸스보다도 '핫펠트'라는 다정하고 단단한 당신이 가장 좋다.

무엇보다도, 이 책을 읽고 있을 당신은 선한 존재라고 믿는다. 그대 고운 사람, 무해한 존재로서 타인과 이 세계와 만나고자 하는 당신의 선한 길은 잘못되지 않았으니까, 계속 그 길을 걸을 수 있기를, 그리고 언젠가 꼭 만날 수 있기를 바란다. 최근 몇 년간 내가 가장 많이 해 온 한마디를 당신에게 보낸다.

"당신이 잘되면 좋겠습니다."

당신의 잘됨이 나와 우리의 잘됨이 될 것이다.

당신이 잘되면 좋겠습니다

초판 1쇄 발행 • 2021년 6월 25일
초판 15쇄 발행 • 2024년 11월 7일

지은이 • 김민섭
펴낸이 • 황혜숙
편집 • 이혜선, 박민영
펴낸곳 • (주)창비교육
등록 • 2014년 6월 20일 제2014-000183호
주소 • 04004 서울특별시 마포구 월드컵로12길 7
전화 • 1833-7247
팩스 • 영업 070-4838-4938 / 편집 02-6949-0953
홈페이지 • www.changbiedu.com
전자우편 • contents@changbi.com